मेरो हत्केलामा कमल

कराताला कमला

Translated to Nepali from the English version of
Lotus on my Palm

Devajit Bhuyan

Ukiyoto Publishing

सबै विश्वव्यापी प्रकाशन अधिकार द्वारा आयोजित छन्

Ukiyoto Publishing

2024 मा प्रकाशित

सामग्री प्रतिलिपि अधिकार © देवजित भुयान

ISBN 9789362694034

सबै अधिकार सुरक्षित।

यस प्रकाशनको कुनै पनि अंश प्रकाशकको पूर्व अनुमति बिना कुनै पनि माध्यमबाट, इलेक्ट्रोनिक, मेकानिकल, फोटोकपी, रेकर्डिङ वा अन्यथा पुन: उत्पादन, प्रसारण, वा पुन: प्राप्ति प्रणालीमा भण्डारण गर्न सकिँदैन।

लेखकको नैतिक अधिकारलाई जोड दिइएको छ।

यो पुस्तक व्यापार वा अन्यथा, प्रकाशकको पूर्व स्वीकृति बिना, बाइन्डिङ वा कभरको कुनै पनि रूपमा यो जसमा छ त्यो बाहेक, उधारो, पुन: बिक्री, भाडामा वा अन्यथा वितरण गरिने छैन भनी सर्तमा यो पुस्तक बेचिन्छ। प्रकाशित।

www.ukiyoto.com

कुकुर, स्याल र गधाको आत्मा पनि एउटै परमात्मा हो भनी विश्वास गर्ने श्रीमन्त शान करादेव र विश्वभर बस्ने सबै मानिसहरूलाई यो पुस्तक समर्पित गरिएको छ।

(कुकुरा श्रीगलो गदर्भरु आत्मा राम, जानियाँ छाबकु कोरिब प्रणाम)

"परमेश्वर कुकुर, स्याल वा गधाको आत्मामा पनि रहनुहुन्छ,

यो जान्दछन् कि सबै जीवित प्राणीहरूको सम्मान गर्नुहोस्।"

- श्रीमंत शंकरदेव (१४४९-१५६८)

सामग्री

प्रस्तावना 1
मेरो हत्केलामा कमल 4
शंकरदेवको सरल धर्म 5
एक सबमिशन को धर्म 6
शंकरदेव फेरि फर्किनु पर्छ 7
शंकरदेवको धर्ममा 8
शङ्करदेवमा शरण लिनुहोस् 9
शिष्यहरू शंकरदेवको दर्शन गर्छन् 10
विश्व गुरु शंकरदेव 11
आसामको सुन 12
शंकरदेव द्वारा वृन्दावनी बस्त्र (कपडा) 13
मनका राजा 14
शंकरदेवको प्रस्थान 15
भगवान शिवको खुट्टा 16
पैसाको चपेटामा धर्महरू 17
प्रार्थना 18
पैसा 19
असम गैंडा 20
मान्छे 21
उपत्यकाको उत्साह 22
समृद्ध आसाम 23
रक्सीबाट बच्नुहोस् 24
युद्ध 25
राम्रो काम 26
कोही पनि अमर छैन 27
रंगहरुको पर्व (होली) 28
चितल 29
चाडपर्वको सिजन 30

उमेर	31
आफ्नो आमालाई माया गर्नुहोस्	32
अप्रिल	33
दशरथ (रामायण कथा)	34
भरत	35
लक्ष्मण	36
लबा (रामका छोरा)	37
भगवान खोज्दै	38
इमानदार बाटोको रथ	39
मनको ख्याल गर्नु होला	40
समय बर्बाद नगर्नुहोस्	41
मनको पीडा	42
शरीरको हेरचाह	43
बच्चाको पैदल यात्रा	44
मदनको हास्य	45
कोको द वंडर पग	46
हावा	47
प्राकृतिक जडीबुटी	48
मनको डर	49
रुखहरुको डर	50
पार्टी परिवर्तनको राजनीति (भारतमा)	51
नयाँ रंगहरू	52
अर्को जीवनमा भेटघाट	53
धम्की	54
पुजारी	55
सूर्य उदाउन देउ	56
भरत, छिटो गर	57
सबैलाई माया गर्नुहोस्	58
टम, तपाईं काम सुरु गर्नुहोस्	59
मृत्युको समयमा	60
घरको भँगेरा	61

पैसाको चमक	62
काम गर्न तयार हुनुहोस्	63
सफल जीवन	64
गोल्डेन असम	65
मैनबत्ती	66
अवध राज्य	67
मखमली	68
चन्द्रमा	69
खरायो	70
झगडा	71
गैंडा, बाँच्नको लागि संघर्ष	72
खोलाको लहर	73
लामखुट्टे	74
ज्योतिषी	75
साठ वर्षको उमेर	76
क्षय नहुने आमा	77
प्रिय आसाम	78
प्रेमको मलम	79
घर र परिवारको जानकारी	80
मिहिनेतबाट पैसा आउँछ	81
द बुल	82
क्रोध	83
तातो झटका चिसो उडाउनुहोस्	84
Hoity toity	85
नयाँ वर्षको माया र स्नेह	86
मार्च-अप्रिलमा असमको मौसम	87
अप्रिलको प्रेम	88
अनौठो संसार	89
आमाको माया	90
बादल	91
दुरुपयोग	92

कुनै बखत	93
अमूल्य माया	94
अहोमको छ सय वर्षको निरन्तर शासन	95
म सफल हुनेछु	96
जलेको फूलको रूख	97
अरबका मानिसहरू	98
जङ्गल	99
खद्दर (खादी कपडा)	100
असमको अत्तर (अगरवुड तेल)	101
बाढी	102
कर्मको फल (कर्म)	103
ईर्ष्या	104
सबै सामान्य रूपमा जानेछ	105
कछुवा	106
काग र स्याल	107
आफ्नो समाधान खोज्नुहोस्	108
तिमीलाई कसैले तान्दैन	109
ईर्ष्या, ईर्ष्या, ईर्ष्या	110
मृत्यु र अमरता	112
मलाई उद्देश्य थाहा छैन	113
हाम्रो मिहिनेतले कमाएको पैसा कहाँ हरायो ?	114
मुंगुस	115
भगवानको आशीर्वाद	116
राम्रो, एक मृत काठ हुनु	117
म जोम्बी सँग बाँचिरहेको छु	118
अनि जिन्दगी यसरी नै चल्छ	119
टुटेको मुटु	120
रोक्न नसकिने प्रविधि	121
लैङ्गिक असमानता	122
एक दिन, त्यहाँ कुनै गिलास छत हुनेछैन	123
परमेश्वरलाई उहाँको प्रार्थना घरहरूमा चासो छैन	124

लेखक को बारेमा 125

प्रस्तावना

श्रीमन्त शंकरदेवको जन्म सन् १४४९ मा चिया र एक सिङ्गे गैँडाका लागि प्रख्यात भारतको उत्तरपूर्वी भाग आसामको नागाउँ जिल्लामा अवस्थित बर्दोवामा भएको थियो। शंकरदेवले सानै उमेरमा आफ्ना आमाबुवा गुमाएका थिए र बच्चाको पालनपोषणको जिम्मेवारी हजुरआमाको काँधमा आयो, जसले यो कार्यलाई सराहनीय रूपमा पूरा गरे। सानो उमेरमा पनि, शंकरले मन र शरीरको ठूलो शक्ति प्रदर्शन गरे। धेरै अलौकिक एपिसोडहरू पनि यस समयमा आए जसले प्रमाणित गर्यो कि उनी साधारण बच्चा थिएनन्। शङ्करदेवको पहिलो रचना, स्कुलको पहिलो दिनमा लेखिएको कविता ***करातला कमला कमला दल नयना*** हो ।

"কৰতল কমল কমল দল নয়ন।

ভব দব দহন গহন-বন শয়ন ॥

নপৰ নপৰ পৰ সতৰত গময়।

সভয় মভয় ভয় মমহৰ সততয়॥

খৰতৰ বৰ শৰ হত দশ বদন।

খগচৰ নগধৰ ফনধৰ শয়ন॥

জগদঘ মপহৰ ভৱ ভয় তৰণ।

পৰ পদ লয় কৰ কমলজ নয়ন॥

(करातला कमला कमलादला नयना

भवदव दहना गहना वन सायना

नापरा नापरा परा सातरता गमाया

सभाया माभया भया ममहरा सततया

खरतर वारसार हटदसा वदन

खगचरा नागधारा फनाधार सयाना

जगदघ मापहरा भवभय तराना

परपद लयकार कमलाज नयन)"

यस कविताको विशेष कुरा यो हो कि यो पूर्णतया व्यञ्जनबाट बनेको छ र यसमा पहिलो बाहेक अरू कुनै स्वर छैन। इतिहास यो छ कि शंकरदेवलाई स्कूलमा धेरै ठूला विद्यार्थीहरूसँग सँगै राखिएको थियो जसलाई कविता रचना गर्न भनियो। वर्णमालाको पहिलो स्वर मात्रै सिकेको भए पनि उनले त्यसैलाई पछ्याए। नतिजा भगवान कृष्णका विशेषताहरूलाई समर्पित र वर्णन गर्ने एक उत्कृष्ट मीठो कविता थियो। श्रीमन्त शंकरदेवलाई असमिया सामाजिक-सांस्कृतिक जीवनका पिता मानिन्छ। उहाँ पनि संस्कृत भाषाबाट उत्पत्ति भएको असमिया भाषालाई आधुनिकीकरण गर्ने पुर्खाहरू मध्ये एक हुनुहुन्छ।

श्रीमन्त शङ्करदेवा पनि भारतका एक महान सामाजिक र धार्मिक सुधारक हुन्। उनले 15 औं शताब्दीमा भारतमा उपलब्ध सबै धार्मिक दर्शनहरू अध्ययन गरे र हिन्दू धर्मको नयाँ संप्रदाय एक सरनन नाम धर्मको प्रचार गरे, जुन कर्मकाण्डवादी हिन्दू धर्मबाट मुक्त भयो। उनले भगवानको नाममा पशुबलिको विरोध गरे, जुन हिन्दू धर्ममा प्रचलित थियो। उनले हिन्दू संस्कृतिको जातीय व्यवस्थाको विरोध गर्दै जात र धर्मभन्दा माथि गएर एकताको प्रयास पनि गरे । उहाँका प्रख्यात भनाइ "कुकुरा श्रीगला गोर्दोबोरु आत्मा राम, जानियाँ सबकु कोरिबा प्रोनम": अर्थात् ***कुकुर, स्याल, गधा, सबैको आत्मा राम हो, त्यसैले सबैलाई आदर गर।*** यो मानवतावादसम्म पुगेको छ र येशूको भनाइ जस्तै मानवतालाई अपील गर्दछ ***"पापलाई घृणा गर्नुहोस् पापीलाई होइन"।***

श्रीमन्त शङ्करदेवले देखाएको बाटो पछ्याउँदै मैले भारतीय भाषाहरूमा प्रचलित स्वरको प्रतीक कुनै कर प्रयोग नगरी असमिया भाषामा तीनवटा काव्य ग्रन्थहरू रचना गरें, “करतला कमला”, “कमला दल नयना” र “बोरोफोर घोर”। संस्कृतबाट उत्पत्ति भएको हो। यो पुस्तक "मेरो हत्केलामा कमल" असमिया भाषामा लेखिएको मेरो पुस्तक "करातला

कमला" को अनुवाद हो। स्वरको प्रयोग नगरी अङ्ग्रेजीमा पुस्तक अनुवाद गर्न सम्भव छैन, त्यसैले मूल अर्थमा बाधा नपर्ने गरी मौलिक कविताको स्प्रिट र विषयवस्तुलाई ध्यानमा राखी अनुवाद गरिन्छ। आशा छ पाठकहरूलाई यो कविता पुस्तक मन पर्नेछ र विश्वले श्रीमन्त शंकरदेवको शिक्षा र आदर्शहरू बारे जान्नुहुनेछ।

___ देवजित भुइँ

मेरो हत्केलामा कमल

बर फूलको रुखमुनि शंकरदेव सुतिरहेका थिए
घामको किरण उसको अनुहारमा चम्किरहेको थियो
राजा कोब्राले यो देखे, र सूर्यको किरणले शंकरलाई विचलित गरेको सोचे
कोब्रा उसको रुखको प्वालबाट ओर्लियो र छाया दियो
जब साथीहरू र नजिकका मानिसहरूले यो देखे, सबै छक्क परे
शंकरदेवलाई भगवानको स्वर्गीय आशीर्वाद हुनुपर्छ
र उनले पूर्ण वर्णमाला सिक्नु अघि आफ्नो पहिलो कविता लेखे
मानिसहरूले उहाँका कविताहरूलाई हृदयदेखि नै माया गर्थे र प्रशंसा गर्न थाले
तर, पशुबलि दिने पुजारीहरूले धेरै प्रश्न उठाए
राजाले हात्तीको प्रयोग गरेर शङ्करदेवलाई मार्ने आदेश दिए
तर भगवानको कृपाले उनी जोगिए
एक दशक भन्दा बढीको लागि, शंकरले ज्ञान प्राप्त गर्न पवित्र स्थानहरूको भ्रमण गरे
उहाँ प्रबुद्ध भएर फर्कनुभयो, असमियामा धेरै अमर पदहरू रचना गर्नुभयो
मेरो हत्केलामा रहेको कमल अझै पनि असमका मानिसहरूले माया गर्छ, एक अमर टुक्रा
विश्वव्यापी प्रेम र भ्रातृत्वको बारेमा उनको शिक्षाले असमलाई समृद्ध बनायो।

शंकरदेवको सरल धर्म

संसारको धर्म प्रेम हो
प्रेमको बाटो राम्रो काम हो घर्षण होइन
जब मन शुद्ध हुन्छ, प्रेमको बाटो सजिलो हुन्छ
सरल हुनु र सबैलाई माया गर्नु राम्रो धर्म हो;
क्रोधमा धर्म र प्रेमको बाटो रोकिन्छ
हामी जहिले पनि अरुको धर्मलाई तातो र खराब भन्छौं
अरूको विचारलाई कहिल्यै सम्मान र सहन नगर्नुहोस्
फलस्वरूप, धर्म अज्ञानता र दमनको औजार बन्छ।
प्रेम सबै सरल र भन्न सजिलो छ, तर पालन गर्न गाह्रो छ
त्यसैले धर्मको यो शिक्षा कहिल्यै झारझैँ फैलिँदैन
मानिसहरु इच्छा र लोभले धार्मिक तीर्थयात्रा गर्छन्
तर शंकर देवको धर्म पछ्याउन सजिलो छ, तपाईलाई केही आवश्यक छैन;
रक्सी मुक्तिको बाटो होइन, न त निर्दोष जनावरहरूलाई मार्ने बाटो हो
डर र लोभ कामको रथ र जीवनको लक्ष्य होइन
माया र माया मात्र साँचो धर्मको तीर हो
पैसा, लोभ, घृणा र मांसपेशी शक्ति सन्तुष्टिको बाटो होइन
शंकरदेवको भनाइमा, इच्छाविना प्रार्थना गर्दा मोक्ष प्राप्त हुन्छ।

एक सबमिशन को धर्म

आफ्नो शरीरबाट क्लोनिंग गरेर, भगवानले मानिसलाई सृष्टि गर्नुभयो
हामीले आफ्नो जीवन त्यस सर्वशक्तिमानमा समर्पण गर्नुपर्छ
उहाँको खुट्टामा कमलको फूल लगाएर प्रार्थना गरौं
समयको तीर उसको चाहनामा रोकिन्छ र सबै जीवन समाप्त हुन्छ।
राजा दशरथको घरमा जन्मेका भगवान रामका भाइ 'भरत'
रामले प्रेम, सम्मान र प्रतिबद्धताको महत्त्वको मार्ग देखाउनुभयो
दीपावली, उज्यालोको पर्वलाई खराबमाथि असलको विजयको रूपमा मनाइन्छ
दुष्टता र अनैतिकताको प्रतीक रावणलाई नष्ट गरेर राम घर फर्किए
सत्य, न्याय, विश्वास र सबै विषयको माया सहितको कानुनको शासनको स्थापना
रामभक्त शंकरदेवको शिक्षा पनि एउटै हो, सबैलाई माया गर
असमका मानिसहरूले शंकरदेवले देखाएको बाटो आज पनि पछ्याउँछन्
शङ्करदेवको भूमिमा जात, धर्म, धार्मिक घृणाको शैतानलाई स्वागत छैन
उहाँको शिक्षा र प्रार्थना प्रणाली मार्फत, उहाँको धर्म प्रबुद्ध भयो।

शंकरदेव फेरि फर्किनु पर्छ

शंकर देव आफ्नो धार्मिक सिद्धान्त सिकाउन असम फर्कनु पर्छ
प्रगतिसँगै जुन पीडा र विभाजन भयो, त्यो उसले मात्र मेटाउन सक्छ
उनको देशमा धार्मिक, सामाजिक र लैङ्गिक विभेदको नदेखिने झार
उहाँको शिक्षाले मात्र मानव समाजमा रहेको घृणा र विभाजनलाई मेटाउन सक्छ
उहाँको उपस्थितिले असमिया र भारतीय जनताका धेरैजसो रोगहरू हटाउनेछ
शङ्करदेव फर्किनुपर्छ र असम फेरि विश्वमा चम्कनुपर्छ
उहाँको बप्तिस्मा र चेला बनाउने प्रणाली विश्वव्यापी हुनेछ
मानिसको मानसिकता परिवर्तन हुनेछ, भ्रातृत्व फस्टाउनेछ
उनको प्रार्थना गृहको मन्दिर, "नामघर" नयाँ उचाइमा परिवर्तन हुनेछ
सानातिना धार्मिक व्याख्याका नाममा हुने मतभेद र झगडा हट्नेछ
असमिया जनताको मानसिकता खुला, फराकिलो हुनेछ र जनताले मानिसहरूलाई एकीकृत गर्नेछन्
संसारको सामाजिक-सांस्कृतिक परिवेशले विभाजनको कालो बादल कहिल्यै देख्ने छैन।

शंकरदेवको धर्ममा

शंकरदेवको पाउमा कमल राखौं
विश्वभर उहाँको शिष्य बनाऔं
शंकरदेवको धर्म एकदम सरल छ
उहाँले भगवान अद्वितीय र अभिव्यक्ति बाहिर एक हुनुहुन्छ भन्नुभयो
उहाँको आशीर्वादको लागि भगवानको आफ्नै सृष्टि बलिदान गर्नु आवश्यक छैन
शुद्ध मनले भगवानलाई प्रार्थना गर्नुहोस् र त्यो धेरै सरल छ
भगवान जताततै अवस्थित छ र कुनै पनि समय जहाँसुकै प्रार्थना गर्नुहोस्
साँचो धर्म मात्रै होइन सम्पूर्ण पशुपक्षीलाई माया गर्नु नै साँचो धर्म हो
मनलाई बलियो बनाउ र राम्रो काम गर, तिमी ज्ञानी बन्नेछौ।

शङ्करदेवमा शरण लिनुहोस्

मन सधैं अस्थिर र चंचल हुन्छ
यसलाई पार गर्न शंकरको बाटो सरल छ
बुढेसकालमा न धनले शान्ति दिन्छ न धनले
तपाईं एक्लै हिड्नु पर्छ, तपाईं भीड समुद्र तट नजिक भए पनि
तपाईंको आफ्नै घरमा पनि कुनै पनि युवाहरू कुरा गर्न इच्छुक हुनेछैनन्
अनि मनको पीडा धेरै गुणा बढ्छ
जीवनको अन्तिम दिनमा किन अरूलाई बोझ बनाइन्छ
खुला दिमाग र हृदयबाट कुनै पनि इच्छा राखेर परमेश्वरलाई प्रार्थना गर्नुहोस्
पक्कै पनि, शंकरको ग्रन्थले चंचल मनलाई मोक्षतर्फको मार्ग देखाउनेछ।

शिष्यहरू शंकरदेवको दर्शन गर्छन्

हातमा कमल
पैदलै सबोट
आवाज 'खोट खोट'

शंकरदेवको आगमनको संकेत गर्दछ;
चेलाहरू हर्षित हुन्छन्
शंकरदेवलाई भेट्ने उनीहरूको इच्छा पूरा भयो
शंकरदेव उज्यालो सूर्यजस्तै देखिन्थे
उहाँको चमक देखेर चेलाहरू छक्क परे
तिनीहरूको मुखबाट प्रार्थनाहरू निस्कन थाले
तिनीहरूले स्वर्गीय आनन्दले शंकरदेवको पाउ छोए
शिष्यहरूको जीवन सफल भयो
शंकरदेवले तिनीहरूलाई आफ्नो आधुनिक र सरल धर्ममा बप्तिस्मा दिए
बिस्तारै शंकरदेवको शिक्षा जङ्गली आगो जस्तै फैलियो
आसामको आकाश, हावा र घरहरू उनको श्लोक गाउन थाले
असमको सामाजिक संस्कृतिले नयाँ मोड लियो।

विश्व गुरु शंकरदेव

शङ्करदेव मानवजातिका लागि विश्वव्यापी गुरु हुन्
उहाँ राम्रो, समानता र आध्यात्मिकताको प्रतीक हुनुहुन्छ
उहाँको समकक्ष कोही छैन वा हुनेछैन
शंकरदेवका केही समकालीन मात्रै देख्न पाइन्छ
एक भगवानको लेख, एक प्रार्थना र भाइचारा प्रचार भयो
मानिसहरूको मनको अन्धकार छिट्टै हट्यो
लोभी र हिंस्रक मानिसहरूले आफ्नो चेतना फर्काए
शंकरदेव सबै समयका महान नाटक लेखक र निर्देशक थिए
उनका नाटकहरू धेरै छिटो प्रचारित भए र असमिया संस्कृतिको मेरुदण्ड बने
शंकरदेवको दर्शन मानिसमा मात्र सीमित छैन
यसले यस ग्रह पृथ्वीमा सबै जीवित प्राणीहरूको जीवनलाई समेट्छ
शङ्करदेवा, असमिया राष्ट्रियताका भगवान पिता।

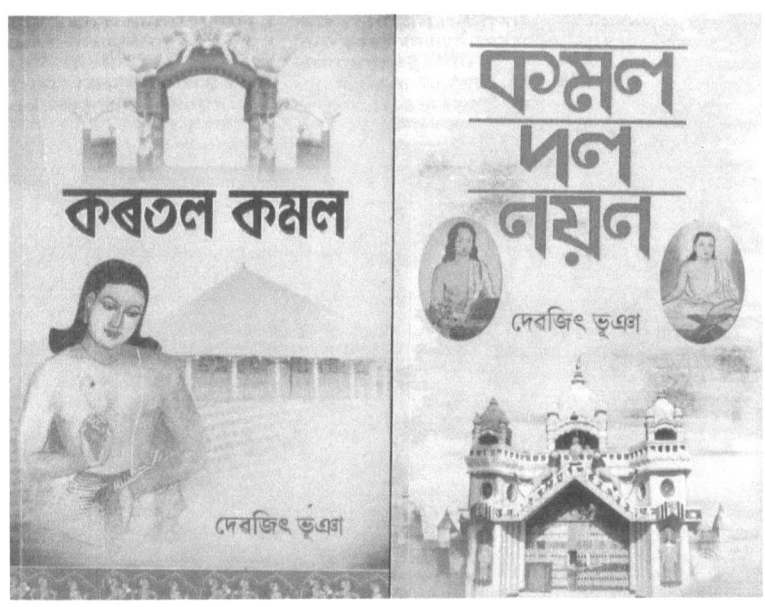

आसामको सुन

हजारतको घर अरब देशमा थियो
अत्तर उनको मन र धर्मलाई धेरै प्रिय छ
साउदी अरबमा नयाँ धर्मको जन्म, हजरत अगमवक्ता थिए
धर्मले मूर्तिपूजा त्यागेर एउटै ईश्वरको पूजा गर्‍यो
गैर कर्मकाण्डवादी नयाँ धर्म चाँडै लोकप्रिय भयो
हजको तीर्थयात्रा, एक वार्षिक अनुष्ठान हो
छिट्टै अरु धर्मसँग झगडा सुरु भयो
धार्मिक असहिष्णुताका कारण युद्ध भयो
धार्मिक द्वन्द्वका कारण विश्वका जनताले धेरै दुःख भोगेका छन्
गैर-अरब संसारका मानिसहरूले पीडाको लागि मुहम्मदलाई दोष दिए
शंकरदेवले सबै धर्महरू बीच भाइचारा र विश्वव्यापी प्रेमको लागि प्रचार गरे
इस्लामका अनुयायीहरू पनि उहाँका शिष्य बने
असममा कुनै धार्मिक धर्मयुद्ध वा द्वन्द्व भएको छैन
समाज साम्प्रदायिक सद्भावका साथ अघि बढ्यो
शंकरदेवले आफूलाई असमको स्वर्ण साबित गरे।

शंकरदेव द्वारा वृन्दावनी बस्त्र (कपडा)

शङ्करदेवले आफ्ना शिष्यहरु संग एक स्मारक कपडा बुन्न थाले
उत्कृष्ट कृति निर्माणमा भाग लिने सबैलाई खुसी लाग्यो
यस कपडाको टुक्रामा भगवान कृष्णको कथा चित्रण गरिएको थियो
वृन्दावनी बस्त्रको सौन्दर्य देखेर सारा विश्व चकित भयो
कपडाको यो अनौठो टुक्रा असमिया बुनकर र कपडा उद्योगको मुकुट बन्यो
कहिलेकाहीं, ब्रिटिशहरू असममा आए र शासक भए

वृन्दावनी बस्त्रलाई लन्डन लगियो
यो अझै पनि शङ्करदेव र असमका बुन्दाहरूको महिमाको रूपमा ब्रिटिश संग्रहालयमा चम्किरहेको छ।

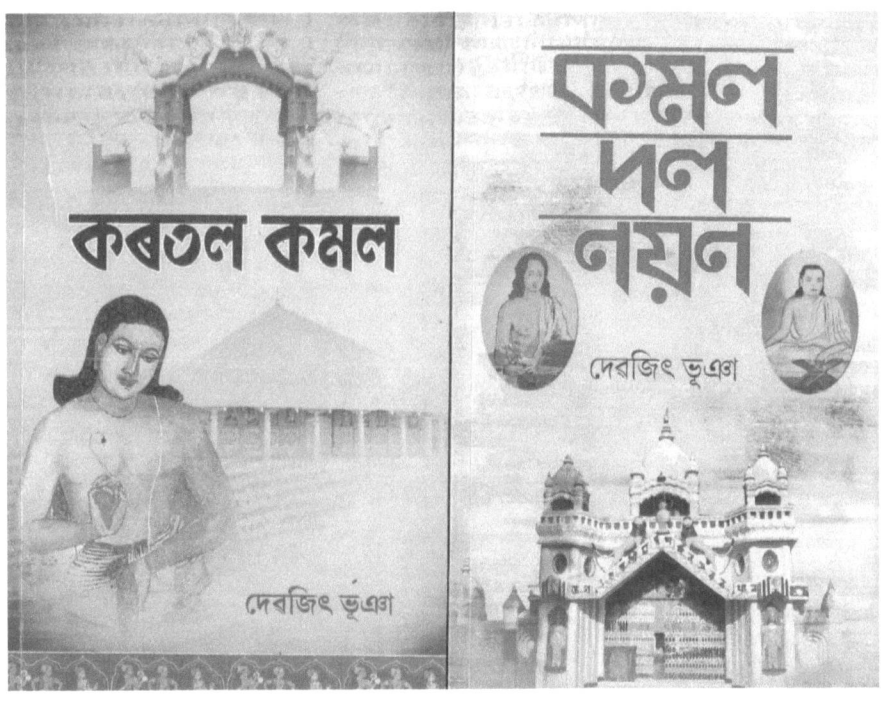

मनका राजा

असमका मानिसहरूका लागि, शंकरदेव हृदयका नयाँ राजा बने
असमको क्षितिजमा उ चहकिलो घाम झैं उदाउँछ
उहाँको वचन र शिक्षा हावाको हावा जस्तै भयो
आसाम उनको लागि चर्चामा आएको थियो
उनका लेखहरू सुधारिएको हिन्दू धर्मको लागि धार्मिक पाठ बने
उहाँका अनुयायी र चेला हुन मानिसहरू भेला भएर आए
कर्मकाण्ड हिन्दू धर्म आम जनताको लागि सरल भयो
जात, धर्म, धनी र गरिबको बाधा टुट्यो
मानिसहरूले उहाँलाई अक्षर र आत्माले पछ्याए
उनलाई असममा हृदयको निर्विवाद राजाको रूपमा राज्याभिषेक गरिएको थियो।

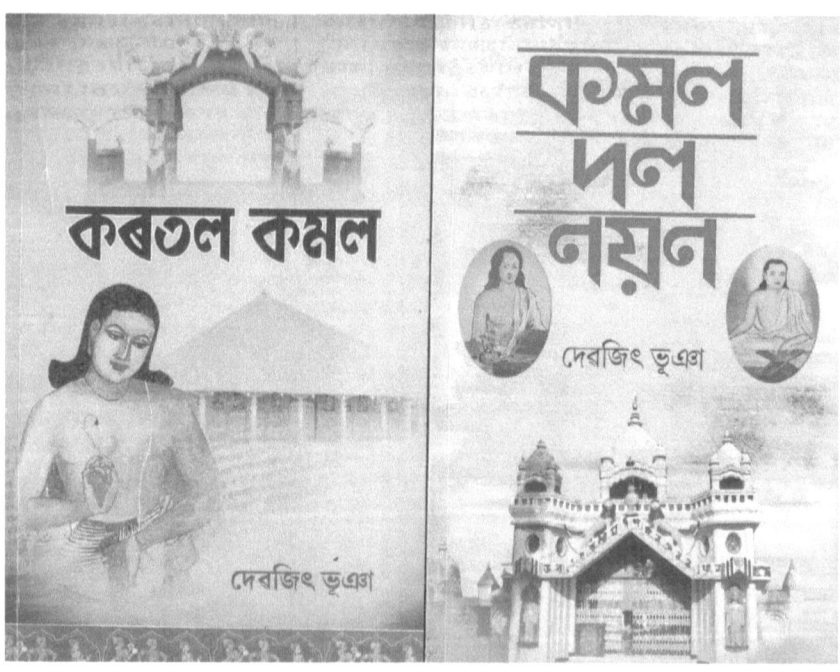

शंकरदेवको प्रस्थान

शंकरदेवको जन्म भएको एक सय बीस वर्ष भयो
सन्त शंकरदेवको संसारबाट बिदा हुने समय आयो
शंकरदेवले कुनै पनि राजालाई आफ्नो शिष्य नबनाउने निर्णय गरे
तर असमका राजा नरनारायणले उनलाई बप्तिस्मा दिन आग्रह गरे
राजाले थप दबाब दिनु अघि शंकरदेवले सांसारिक जीवन छोड्ने निर्णय गरे
उहाँ आफ्ना चेलाहरूलाई आफ्ना सबै खजाना दिएर स्वर्गीय निवासको लागि प्रस्थान गर्नुभयो
उनको प्रस्थानबाट सिंगो असम र बंगाल स्तब्ध भएको छ
मानिसहरू धेरै दिन रोए र आँसु झरी झरी परे
शङ्करदेव आफ्ना धार्मिक ग्रन्थहरू र अन्य लेखनहरूद्वारा अमर भए
आजसम्म उहाँका पदहरू र लेखहरू असमिया भाषाको मेरुदण्ड र क्लासिक्स हुन्।

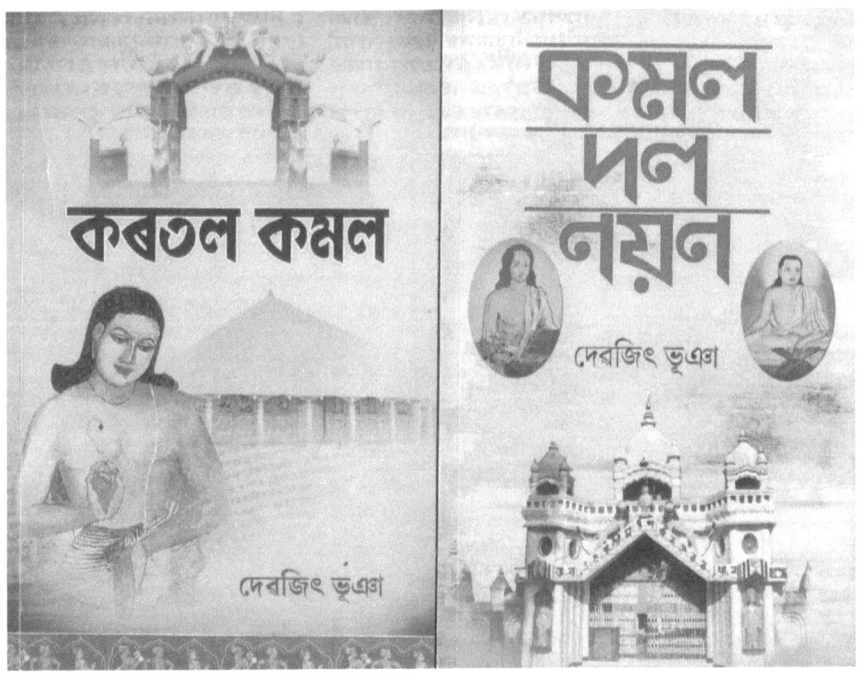

भगवान शिवको खुट्टा

यस संसारमा नाटकको अन्त्य भगवान शिवद्वारा हुन्छ
मृत्यु उसको ऐनामा जीवनको प्रतिबिम्बको अन्त्य हो
भगवान शिव यस ब्रह्माण्डमा सिद्ध नर्तक हुनुहुन्छ
उसको अनन्त नृत्यको घर्षणमा, ताराहरू र ग्रहहरू हराउँछन्
उहाँको आह्वानमा आकाशगंगाहरू पनि मरेर ब्ल्याक होल बन्छ
भगवान शिवलाई शुद्ध मनले प्रार्थना गरेर सजिलै तृप्त गर्न सकिन्छ
जीवन र मृत्यु सृष्टि र विनाशको अंश हो
मृत्युबाट कोही पनि उम्कन सक्दैन, भगवान राम र कृष्ण पनि
मृत्युका देवता राजा यम पनि भगवान शिवका दूत मात्र हुन्।

पैसाको चपेटामा धर्महरू

संसार अहिले पाप र अपवित्र गतिविधिहरूले भरिएको छ
हिमालको चुचुरो र गहिरो समुन्द्र पनि मुक्त छैन
साधारण समग्र जीवन कसैलाई मन पर्दैन
सबै पापको सागरमा पौडी खेल्न व्यस्त छन्
धर्महरू पैसाको चपेटामा छन्
अपराधीहरूले पैसाको बलमा धर्ममा फिल्ड डे गर्छन्
पैसाको लागि, पुजारीले अपराधीहरूलाई पवित्र स्नानको साथ प्रशंसा गर्छन्
एक दिन भगवानको अवतार अवतार हुनेछ
संसार घृणा, पाप र अपराधबाट मुक्त हुनेछ।

प्रार्थना

मन सफा राख्नको लागि प्रार्थना आवश्यक छ
मानिसहरूको जाल हटाउन, यो महत्त्वपूर्ण छ
प्रार्थना शुद्ध मनले गर्नुपर्छ
प्रार्थनाको नतिजा, तब मात्र हामी पाउन सक्छौं
हरेक जीवित प्राणीको लागि, हामी दयालु हुनुपर्छ
लोभमा हाम्रो मन अन्धो हुन्छ
प्रार्थना मार्फत मात्र, हामी आराम गर्न सक्छौं
प्रार्थना एकान्तको लागि महत्त्वपूर्ण भाग उपकरण हो
आशा बिनाको प्रार्थनाले मनोवृत्ति परिवर्तन गर्न सक्छ
प्रार्थनाले मन शुद्ध, स्वस्थ र बलियो हुन्छ
जिब्रोबाट कठोर शब्द कहिल्यै निस्कनु हुँदैन।

पैसा

आजकल, संसारमा, पैसा मानिसको लक्ष्य हो
जब पैसा आउँछ, यसले आत्मामा स्वर्गीय भावनाहरू ल्याउँछ
तर पैसाको धेरै लोभले मनलाई लत र स्थिर बनाउँछ
आवश्यकताहरू पूरा गर्न बाँच्नको माध्यमको रूपमा मात्र पैसा आवश्यक छ
तर पैसाको चाहना आवश्यकता होइन, लोभ मात्र हो
यो सत्य हो कि रुखमा पैसा कहिल्यै फल्दैन
यो दुनियाँमा सित्तैमा पैसा कमाउन सकिँदैन
पैसा कमाउनको लागि, कडा परिश्रम मात्र कुञ्जी हो
धेरै पैसाले तिम्रो संसार कहिल्यै स्वर्ग बन्दैन
धेरै लोभले मह पनि तीतो बनाउँछ
तपाईंको अन्तिम यात्रामा पैसा कहिल्यै साथी बन्ने छैन।

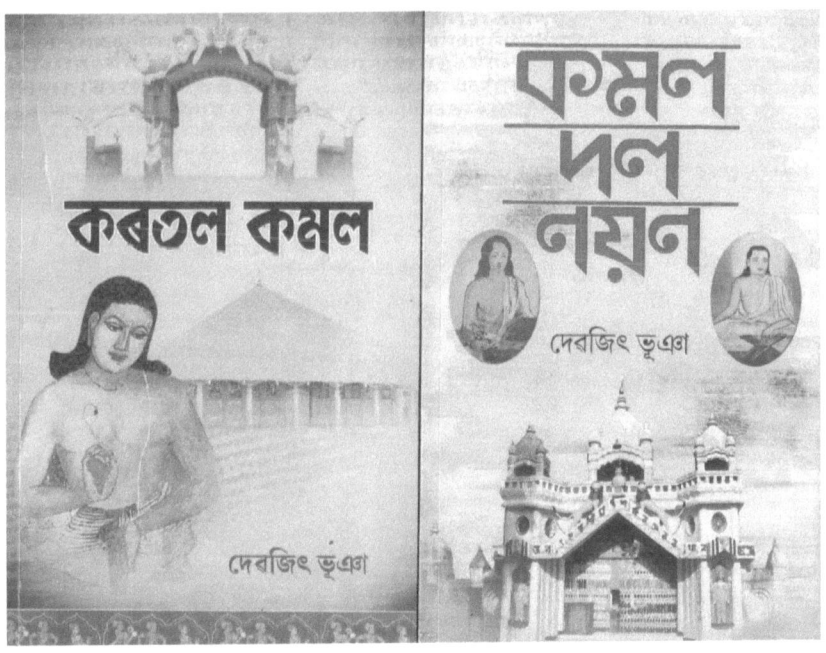

असम गैंडा

हे तिम्रा मानव, अलिकति लाज मान
निर्दोष गैंडाको सिङ नछोड्नुहोस्
असम यो एक सिङ्ग भएको जनावरको लागि प्रसिद्ध छ
तिनीहरूको अस्तित्वको लागि एजेन्सीहरूसँग मिलेर काम गर्नुहोस्
तिनीहरूको वासस्थानमा शिकार नगर्नुहोस् र तिनीहरूलाई मार्नुहोस्
तिनीहरूलाई जंगली भ्रमण गर्नको लागि प्रेमको बाटो बनाउनुहोस्
तिनीहरू असमको महिमा र एक्लो सन्तान हुन्
शिकारीहरूले गैंडा मार्दा पीडा महसुस हुन्छ
तिनीहरू बाँस नजिकै घुम्दा सुन्दरता हेर्नुहोस्
काजिरंगाले धेरै युवा र वृद्धहरूलाई जीविका दिएको छ
यस जनावरलाई आफ्नो सुनको रूपमा जोगाउन मिशनमा स्वयंसेवक बन्नुहोस्।

मान्छे

मान्छे! तपाईंले अर्को विश्व युद्ध सुरु नगर्नुहोस्
यार, तपाईं रोक्नुहोस् र जारी युद्ध बन्द गर्नुहोस्
युद्ध जारी राख्नुभयो भने संसारको विनाश टाढा छैन
मानवता र सभ्यताको जग हल्लिनेछ
तिमीले बनाएका सडक, भवन, पुल सबै भत्किनेछन्
केही घण्टा भित्र, सुन्दर ठूला शहरहरू ध्वस्त हुनेछन्
जङ्गल र जङ्गली जनावरहरू उखेल्नेछन्
चराको धुन लिएर वसन्त आउँदैन
अब घरपालुवा जनावरहरूको बथान हुनेछैन
मान्छे! तपाईंले आफ्ना छोराछोरीहरूलाई शत्रुताहरू रोक्न वाचा गर्नुहुन्छ
युद्ध रोक्न प्रेम र भ्रातृत्व चाहिन्छ, सम्झौताको औपचारिकता होइन।

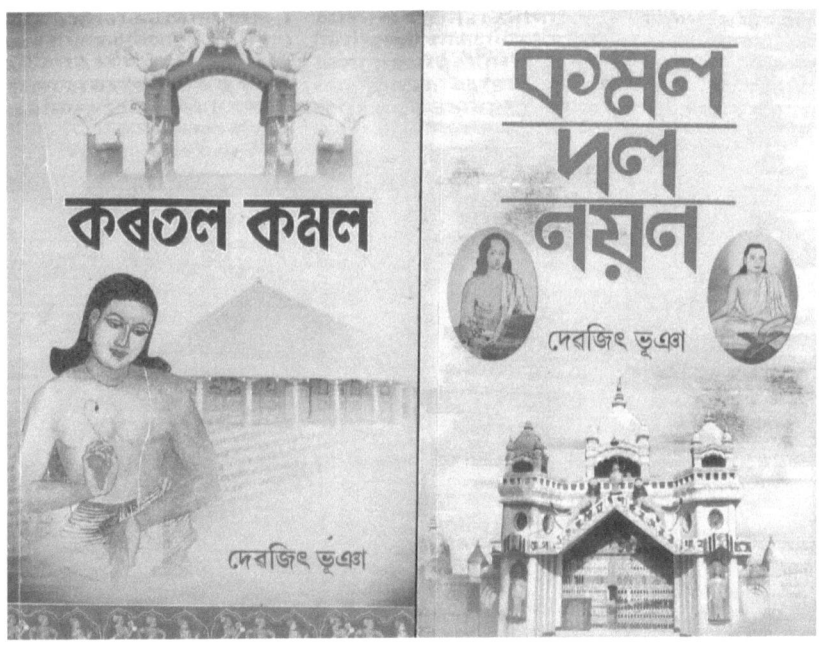

उपत्यकाको उत्साह

अग्लो पहाडमा जमेका घरहरू
हातहरू बरफ बन्छन् र चलाउन सक्दैनन्
तातो सूप पिउनु पनि मद्दत गर्न सक्दैन
ऊनी लुगाले शरीरलाई न्यानो राख्न सक्दैन
रक्सी तातो नभए पनि यसले शरीरलाई आरामदायी राख्न सक्छ
शरिरलाई न्यानो राख्नको लागि पेग लिएर यता-उता दौडनुहोस्
केही दिनको लागि किराना, तपाईंले झोला बोक्नुपर्छ
एक महिना पछि बरफ पग्लिनेछ
उपत्यकामा पानी बग्नेछ
उपत्यका नयाँ बिरुवाहरु संग फेरि उत्साहित हुनेछ
उपत्यकाका चराचुरुङ्गी र जनावरहरूले वसन्तको आनन्द लिनेछन्
उपत्यकामा हरियो रङ, नयाँ रुखले ल्याउँछ।

समृद्ध आसाम

संसारका अन्य भागहरू जस्तै असममा वसन्त धेरै प्रिय छ
बिस्तारै बिस्तारै बिभिन्न सामुदायिक चाडपर्वका दिनहरु पर्छन्
चाडपर्वको मौसममा जुन्नेहरू खुसी र सक्रिय छन्
बुनाई शटलको आवाजले नयाँ आयाम सुनाउँछ
पोखरीमा कमल फुल्छ र हावाको हावासँगै नाच्छन्
गैँडाहरू नरम घाँस खानको लागि गहिरो जङ्गलबाट निस्केका थिए
पर्यटकहरू खुल्ला जीपमा हाँसो र रमाइलोका साथ उनीहरूलाई भेट्छन्
कहिलेकाहीँ गैँडाले दौडिएर आफ्नो गाडीलाई पछ्याउँछन्
केही अपरिचितहरूले तीन मुनि बियरको बोतल खोल्छन्
मौसम र हावापानी सफा, कोमल र स्वतन्त्र छ
असम फूल, नाच र उड्ने मौरीले फुल्छ।

रक्सीबाट बच्नुहोस्

आसाम जस्तो उष्णकटिबंधीय देशको लागि रक्सी राम्रो होइन
तातो आर्द्र हावापानी पिउन अनुकूल छैन
मदिराका लागि चिया बगानका समुदायहरू डुबेका थिए
रक्सीबाट बच्न असमका जनताले सोच्नुपर्छ
आईएमपी र किसानको कथा सम्झनुहोस्
रक्सीको लागि, परिवारको विच्छेद प्रासंगिक छ

तर असममा कमलको पार्टी सत्तामा आयो
उनीहरुले मदिरा सेवन पनि बढाएका छन्
अनैतिक व्यापारीहरूले किशोरकिशोरीहरूलाई रक्सी बेचिरहेका छन्
आमाबाबुलाई दुख र तनाव, यो एक दिन ल्याउँछ

असम जस्तो गरिब राज्यका लागि रक्सीको बूम राम्रो होइन
राजस्व कमाउनको लागि, रक्सीलाई प्रोत्साहन गर्नु अशिष्ट हो।

युद्ध

युद्ध ठट्टा वा हास्यको विषय होइन
अमर पनि युद्धमा मर्छ
युद्धले घर, कृषि र जीविकोपार्जन नष्ट गर्छ
सबै खाद्यान्नको मूल्य आकाशा छोएको छ
जनावर र रूखहरूको लागि पनि, युद्ध राम्रो छैन
आमाको मृत्यु देखेर छोराछोरी डरले रुन्छन
तिनीहरूको प्रार्थना भगवान पिताले पनि सुन्नुभएन
न त अहंकारी र तथाकथित देशभक्त विश्व नेता
युद्ध सभ्यताको गल्ती हो भन्ने कुरामा मानव जाति कहिल्यै सहमत हुँदैन
पीडा र पीडा द्वन्द्वको अन्तिम परिणाम हो
मेरा प्रिय नेताहरू, युद्ध सुरु गर्न, तपाईंले कहिल्यै अनुमति दिनु हुँदैन
तिम्रो क्रूरता, एक दिन इतिहासले अभियोग लगाइदिन्छ
संसारलाई शान्त बनाउन, आफ्नो दिमाग र प्रवृत्ति प्रयोग गर्नुहोस्।

राम्रो काम

राम्रो कामको फल राम्रो हुन्छ
नराम्रो कामको नतिजा भनेको नियम नै हो
राम्रो काम गर्दा भगवानले साथ दिनुहोस्
अनुचित कामको परिणाम तपाईंले एक्लै भोग्नुपर्छ
गुरुत्वाकर्षणले रूखबाट फलहरू आकर्षित गर्दछ
त्यसैगरी असल कामहरूले पनि परमेश्वरको आशिषलाई आकर्षित गर्छ
चाँडै तपाईंले देख्नुहुनेछ, तपाईंको काम चम्किरहेको छ।

कोही पनि अमर छैन

यो संसारमा कुनै पनि मानिस अमर छैन
हरेक पल हामी मृत्यु तर्फ जान्छौ
इमान्दारिताको बाटोमा, पतन हुने डर छैन

भगवानको प्रेमले, हामी सजिलै यात्रा कभर गर्छौं

धन र धनको लागि पागल नबन
पैसाले कहिल्यै अमरता किन्न सक्दैन
आफ्नो दिमागलाई साहसी बनाउनुहोस् र मृत्युसँग नडराउनुहोस्
बाँच्दा उदार, दयालु र इमानदार हुनुहोस्

प्रस्थानको समयमा, तपाईं पछुताउनु हुनेछैन।

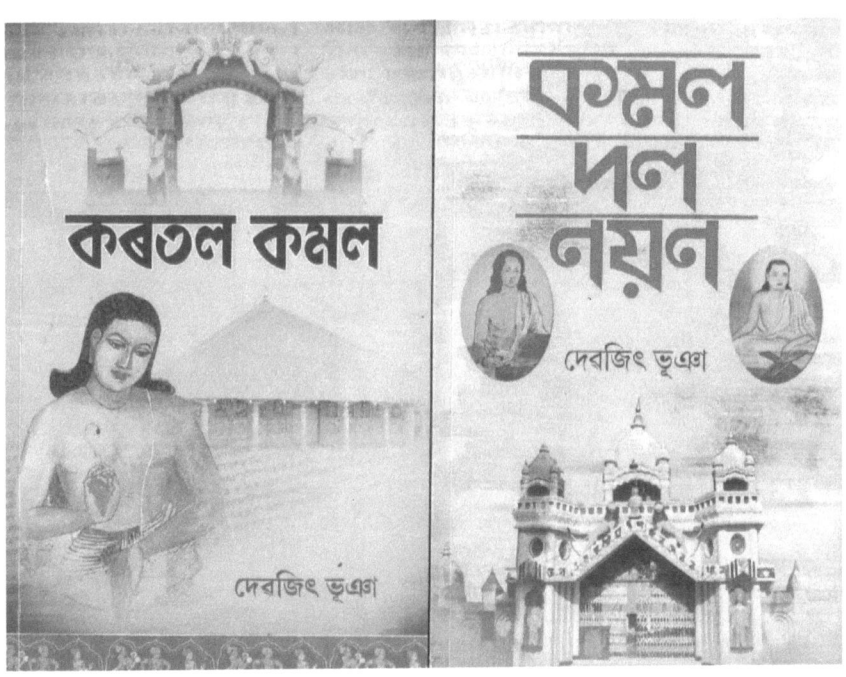

रंगहरुको पर्व (होली)

होली, रंगहरुको पर्व
होलीको माया र स्नेहको आनन्द लिनुहोस्
रंगका लहरहरू, रातो, पहेँलो, नीलो, हरियो प्रवाह
रङले मानिसको पूरै शरीर चम्किन्छ
सहर, सहर, गाउँ जताततै एउटै भावना
रंगको महानताको आनन्द लिनु वृत्ति हो
रङको पर्वमा सबैले पीडा बिर्सेर दिन रमाइलो गर्छन्
सात रङ जीवनको आत्मा हो, त्यो विषय होली ट्रेन।

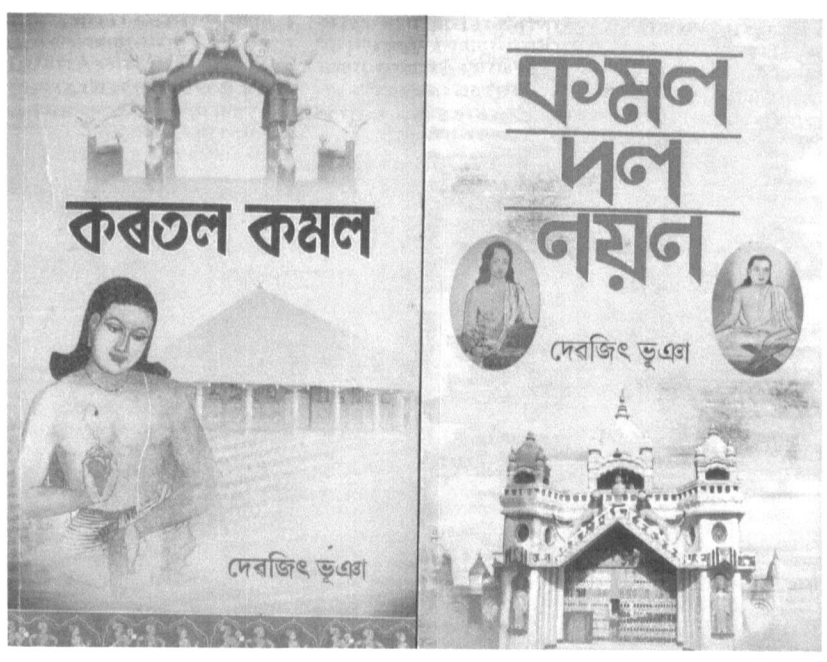

चितल

चितल तिमी खुसीले जङ्गलमा चर्छौ
तर मानिसको बारेमा सचेत रहनुहोस्
तिनीहरू तपाईंको मासुको लागि लोभी छन्
तीरको गति तपाईले हराउन सक्नुहुन्न
राइनो संग घुम्न राम्रो छ
र हात्तीको नजिक आराम गर्नुहोस्
तिमी भारतको सुन्दर हार हौ
तपाईको छाला र मासु तपाईको शत्रु मिडिया हो
जङ्गल घट्दै गएपछि बाँच्नको यात्रा कठिन हुनेछ ।

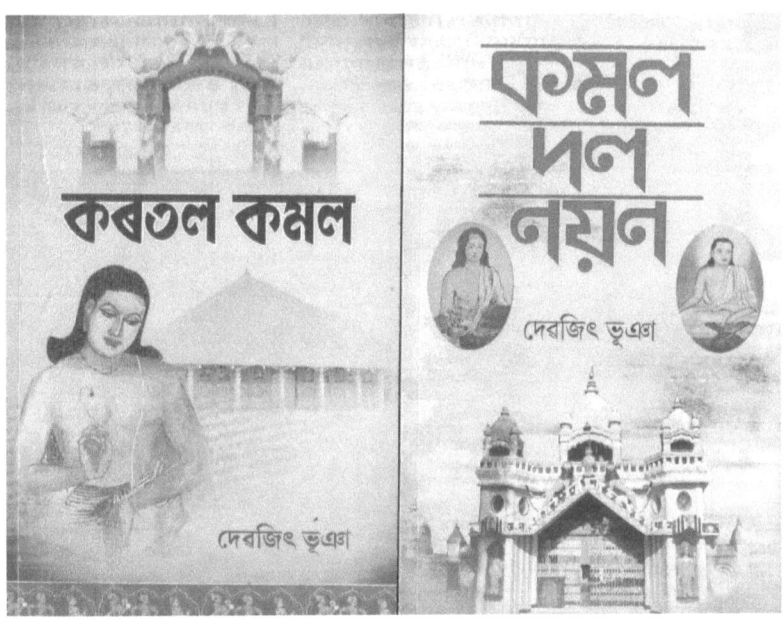

चाडपर्वको सिजन

मेरो पीडामा तिमीले मेरो वास्ता गर्दैनौ
मौद्रिक लाभ थाहा पाएर मतिर हतारिए
तातो गर्मीमा पनि, अब तपाईं दौडन नहिचकिचाउनुहोस्
पैसा विद्‌युतीकरण गर्ने प्रेरक मजा हो
चाडपर्वमा पनि शुभकामनाका लागि समय हुँदैनथ्यो
तर तिमी आफ्नै खुशीको लागि पहाड चढ्यौ
तर आफ्नो साथीको बारेमा सोधपुछ गर्ने समय छैन
अब तिमिले मिठा मिठा बोल्छौ, कसरी बिश्वास गरौ
तपाईको हरेक शब्द आर्थिक कारण र लालसाको लागि मात्र हो।

उमेर

बुढेसकालमा मानिस स्थिर हुन्छ
आन्दोलन मनपर्दैन, माथि जान पनि
तर पनि मानिसहरु मृत्युसँग डराउँछन्
अधुरा रहर, काम र चाहना
मृत्युको डरलाई अझ डरलाग्दो बनाउनुहोस्
मृत्युले पनि न त तिमीलाई छोड्छ न मलाई
त्यसोभए मृत्युको डर किन, क्षणको आनन्द लिनुहोस्
अध्यात्म र परमात्मामा श्रवण लिनुहोस्
मृत्युको बारेमा सोच्दा, यसलाई हल्का रूपमा लिनुहोस्।

आफ्नो आमालाई माया गर्नुहोस्

आमालाई माया गर, आमाको ख्याल गर
उनको रोगमा, औषधि भन्दा प्रेम राम्रो छ
रोग निको पार्न औषधी मात्र पर्याप्त छैन
प्रेमको साथ हेरचाहमा निको पार्ने जादुई शक्ति छ
बाल्यकालका दिनहरू सम्झनुहोस्
आमाको हत्केलाको स्पर्शले राम्रो महसुस गर्दा
अब बुढ्यौलीमा तिम्रो स्पर्शले शान्त हुनेछिन्
तिम्रो स्नेही स्पर्श भन्दा राम्रो बाम अरु छैन।

अप्रिल

अप्रिल असममा अप्रिल फूलको महिना मात्र होइन
अप्रिलमा हरेक असमियाको दिमागमा तैरिरहेको हुन्छ
चिसो जाडो पछि मौसम बदलिएको छ
रुखहरु नयाँ हरिया पातहरु संग नाचिरहेका छन्
अनि आँपको रुखमा कोयल निरन्तर गीत गाइरहन्छ
बुन्नेहरू नयाँ तौलिया (गामोसा) बुन्नमा व्यस्त
रोङ्गली बिहु पर्व, खुशीको पर्व ढोका ढकढक्याइरहेको छ
युवादेखि वृद्ध सबै बिहु नृत्यको अभ्यासमा व्यस्त छन्
बिहु ब्रह्मपुत्रको किनारमा असमिया जनताको आत्मा हो
काजिरंगाका गैंडाहरू पनि भर्खरै उम्रेको घाँस देखेर खुसी हुन्छन्
क्यालेन्डरमा अप्रिल महिना मात्रै महिना होइन
अप्रिल (बोहाग) असमलाई हरियो बनाउँछ र असमिया मानिसहरूको हृदयलाई उज्यालो बनाउँछ।

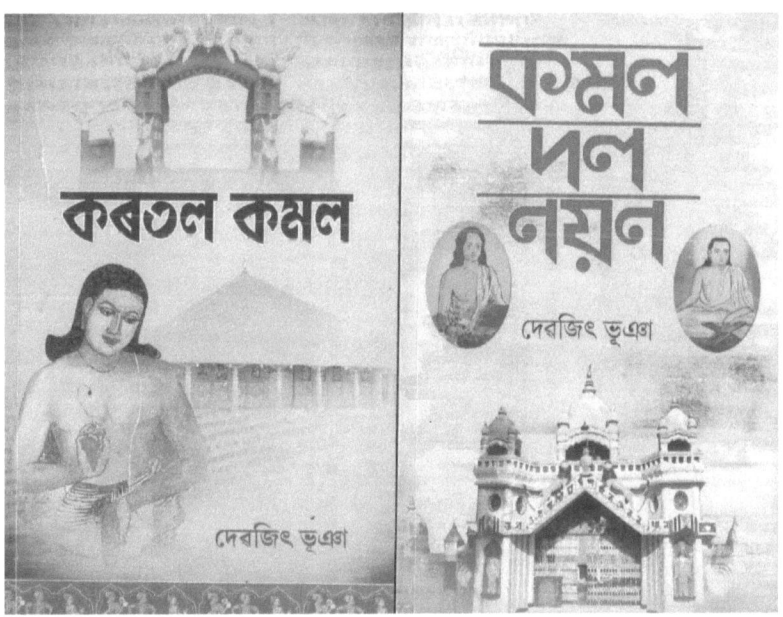

दशरथ (रामायण कथा)

राजा दशरथको बाणमा अन्धा ऋषिको छोराको मृत्यु भयो
ऋषिको श्रापको कारण निःसंतान दशरथले सन्तान पाए
रामको जन्म लक्ष्मण, भरत र स्ट्रघनसँग भएको थियो
साथै, रामकी पत्नी सीताको जन्म नेपाल नजिकैको राज्यमा भएको थियो
बाबाको वचन पूरा गर्न राम चौध वर्षको लागि वनवासमा गए
वनवासमा रामको साथमा लक्ष्मण र सीता पनि थिए
रामलाई जङ्गलमा पठाउँदाको मानसिक आघात
दशरथको मृत्युले राजगद्दी भरतलाई शासन गर्न छोड्यो
सीतालाई राक्षस राजा रावणले जंगलमा अपहरण गरेका थिए
राम हनुमान र साथी बाँदरहरूको सहयोगमा लंका पुगे
सीताको उद्धार भयो, रावण मारिए र सबै आयुधा फर्किए
रामले समानता, न्याय र विधिको शासनको साथ आदर्श राज्य स्थापना गर्नुभयो।

भरत

लक्ष्मण रामसँग जङ्गल गए
भरत राज्यमा रहे
सिंहासन (कुर्सी) मा रामको विध्वंस राखेर राज्य चलाए।
जादुई चितलले लक्ष्मणलाई धोका दियो
सीतालाई उनीहरुको जङ्गलबाट अपहरण गरिएको थियो
राम र रावण बीच ठूलो युद्ध भयो
राक्षस राजाको पराजयमा लक्ष्मणको मुख्य भूमिका थियो
सीताको उद्धार भयो र सबै खुसीसाथ घर फर्किए
रामको आगमनसँगै भरतको पीडाको अन्त्य भयो।

लक्ष्मण

ऋषिहरुले लक्ष्मणलाई रावणसँग नडराउन सल्लाह दिए ।
पवनपुत्र हनुमान तिम्रो साथमा छाया जस्तै छ
यद्यपि रावण भगवान शिवको भक्त हो
उसको अहंकार र अहंकारले उसको हार निम्त्याउँछ
युद्धमा समय महत्वपूर्ण हुन्छ र शत्रुलाई उत्तम हतियारले आक्रमण गर्दछ
पहिलो उदाहरण मा आफ्नो सबै भन्दा राम्रो हतियार प्रयोग गर्नुहोस्
सत्य र इमान्दारीको बाटोले सधैं खराबीमाथि विजय प्राप्त गर्छ ।

लबा (रामका छोरा)

लबा राजा दशरथका नाति थिए
जवान, ऊर्जावान, र सुन्दर
ऋषि-मुनिहरूको आश्रमको रक्षक
Laba को प्रसिद्धि महाद्वीप भर फैलियो
रामले उनलाई सभामा बोलाए
उनका भाइ कुशा पनि साथमा थिए
उनीहरुबाट रामायणको कथा सुनेर राम छक्क परे
जुम्ल्याहा दाजुभाइ उनका आफ्नै छोरा थिए, रामले चिने ।

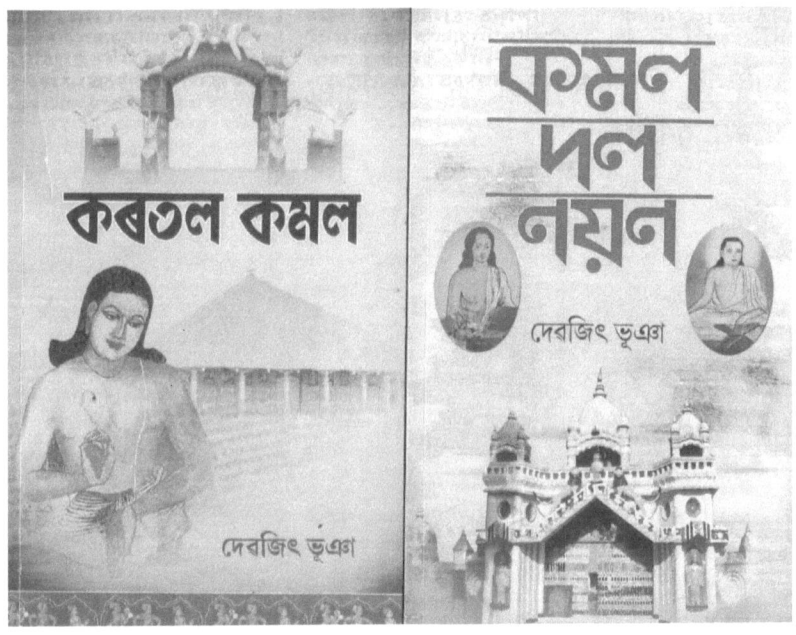

भगवान खोज्दै

ठूला ठूला मन्दिरमा आज पनि पशुबलि दिइन्छ
भैंसी, बाख्राको रगत खोला जस्तै बग्छ
परमेश्वरलाई खुसी पार्न मानिसहरूले परमेश्वरका छोराछोरीलाई मार्छन्
निर्दोषको रगत देखेर कुनै पनि भगवान कहिल्यै खुशी हुनुहुन्न
सबै जीवित प्राणीहरूको माया र हेरचाह देखेर भगवान प्रसन्न हुनुहुनेछ
हे मानव, मनको शुद्धताका साथ भगवानलाई प्रार्थना गर्नुहोस्
यदि तपाईंले निर्दोष जनावरहरू बलि दिनुभयो भने, परमेश्वरले तपाईंको प्रार्थना स्वीकार गर्नुहुने छैन
तपाईंले रगतले प्रार्थना गर्नुभएको कुराको जवाफ उहाँले कहिल्यै दिनुहुनेछैन
भगवान सधैं दयालु हुनुहुन्छ र कसैलाई मार्नुहुन्न
यदि तिमीले आफ्नो लाभको लागि निर्दोषको बलिदान गर्छौ भने, तिमीले पाप जम्मा गर्नेछौ।

इमानदार बाटोको रथ

यो हाम्रो असम हो, प्यारो असम
धेरै प्रिय र हाम्रो हृदयको नजिक
असम राम्रो संस्कृति र उदारताको भूमि हो
महिलाको अनैतिक बेचबिखन हुँदैन
धेरै जनजातिहरूमा पनि महिलाले परिवारको शासन गर्छिन्
पैसाको लोभमा कसैले वेश्यावृत्ति गर्दैन
दाइजो र बेहुली जलाउनु असमियाको जीवनको हिस्सा होइन
प्रत्येक महिला र प्यारी पत्नीलाई समान अधिकार दिइएको छ
बेइमानको बाटोमा ठूलो धनराशि लाग्न सक्छ
तर असमका साधारण मानिसले सादा जीवन रुचाउँथे
धेरै दुर्लभ छन् महिलाहरु को पिटाई र राम्रो आधा सम्बन्ध विच्छेद।

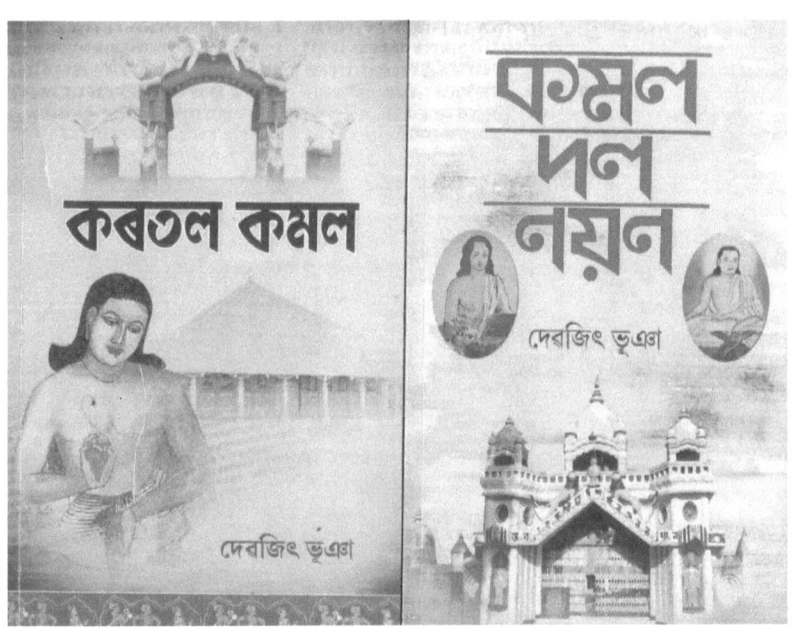

मनको ख्याल गर्नु होला

हामी सधैं आफ्नो शरीरको ख्याल राख्छौं
तर बिरलै मनको ख्याल राख्छु
दिमागको हेरचाह पनि उत्तिकै महत्त्वपूर्ण छ
ख्याल नगरी किन बेवास्ता गर्ने ?

स्वस्थ जीवनको लागि, यो उचित छैन

स्वस्थ शरीरमा स्वस्थ दिमागले राम्रो जीवन दिन्छ
जीवनको जटिल दौडलाई सजिलै जित्न सकिन्छ
रोगी दिमागले केही पनि राम्रो हासिल गर्न सक्दैन
मनको ख्याल राख्नु, बाटो खोज्न सजिलो छ

सधैं मुस्कुराउनुहोस् र सबैलाई दयालु हुनुहोस्
इमान्दारिता र निष्ठाको बाटोमा हिडौं
सत्य र भ्रातृत्वले तपाईंलाई शान्ति दिनेछ।

समय बर्बाद नगर्नुहोस्

समय पनि स्थिर छैन
न त समय गतिशील छ
भूत, वर्तमान र भविष्य
समयको परिधिमा सबै समान छन्
हामीलाई समय निरन्तर बगिरहन्छ जस्तो लाग्छ
जसरी पानीको बहाव समुन्द्रमा पुग्छ
हाम्रो धारणा, समय तीर जस्तै चल्छ
तर एकचोटि धनुष छोडेपछि फर्केर आउँदैन
यद्यपि हामी आशा गर्छौं कि भोलि राम्रो हुनेछ
बादलको दिनमा समय कहिल्यै रोकिदैन
न त घमाइलो बिहानमा यो सुस्त हुन्छ
सधैं वर्षैपिच्छे चलिरहन्छ
कुनै भेदभाव वा पक्षपात छैन
गरिब, धनी, कमजोर वा बलियो, समय एकै हो
त्यसोभए, तपाईंको असफलताको लागि, समय दोषी छैन
जीवनमा सबैभन्दा मूल्यवान, तर निः शुल्क धन समय हो
यसलाई सित्तैमा खेर नफाल्नुहोस्, यसलाई सदुपयोग गर्नुहोस्, जीवन राम्रो हुनेछ।

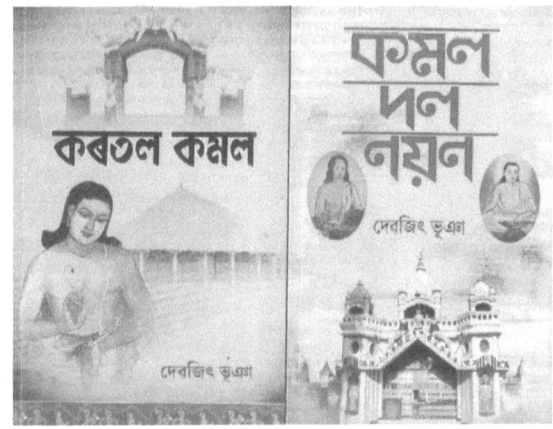

मनको पीडा

मानसिक पीडाको बेला साथीभाइको ख्याल राख्नुहोस्
प्रेम र सान्त्वना, मनको बल, तिनीहरूले प्राप्त गर्नेछन्
एक्लोपनले दिमागलाई कमजोर र नाजुक बनाउँछ
कतिपय निर्णयहरू गलत र प्रतिकूल हुन सक्छन्
संगतले मन प्रसन्न र प्रफुल्लित हुन्छ
मानिसहरूले धेरैजसो अस्थायी समस्याहरू पार गर्न सक्छन्
मानसिक पीडाले मानिसलाई आत्महत्या गर्न धकेल्छ
खराब काम गर्न, कमजोर दिमागले सधैं उत्तेजित गर्छ
मानसिक रूपमा कमजोर हुँदा साथीहरूलाई साथ दिनुहोस्
प्रोत्साहनजनक शब्दहरूको साथ, सामान्यतामा, साथी फिर्ता हुनेछ।

शरीरको हेरचाह

हिड्नुहोस्, हिँड्नुहोस् र हिंड्नुहोस्
फिट रहन छिटो दौडनु पर्दैन
हिड्नु उत्तम शरीर फिटनेस किट हो
बिहानको पैदल यात्राले आलस्यलाई बाहिर धकेल्नेछ
शरीर बलियो र बलियो हुनेछ
रक्तसञ्चार राम्रो हुनेछ
मन दिनभर प्रफुल्लित रहनेछ
हिँड्दा समय र स्थानको कुनै बाधा हुँदैन
पैदल दौडमा पनि सजिलै सामेल हुन सकिन्छ
पैदल यात्रामा नयाँ साथीहरू सम्पर्कमा आउनेछन्
केही मित्रता उत्कृष्ट हुनेछ र कहिल्यै पछाडि नहेर्नुहोस्
हिड्नु शरीर, मन र आत्माको लागि राम्रो हो
स्वस्थ शरीर र दिमागको साथ, तपाईं जीवनको लक्ष्य प्राप्त गर्न सक्नुहुन्छ।

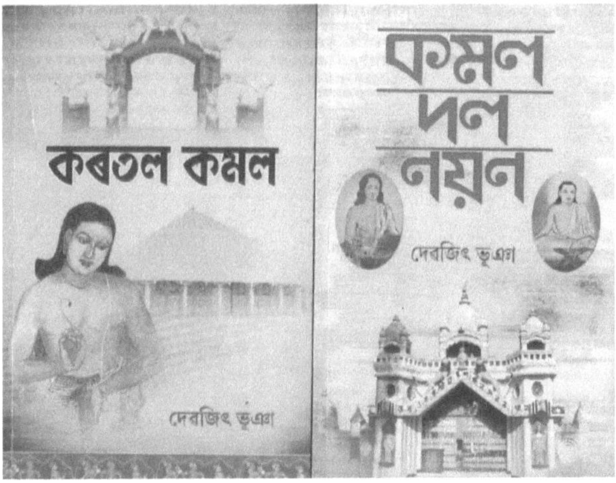

बच्चाको पैदल यात्रा

ऊ तल झर्छ र ऊ उभिन्छ
तर हिँड्दासम्म उनले हार मानिनन्
एक दिन रमाइलो गर्दै दौडिन थाल्छिन्
जिन्दगीको लामो यात्रा सुरु हुन्छ
यदि तपाईं एक वा दुई पटक खसे पछि उठ्नु भएन भने
जीवनमा कहिल्यै, तपाईं दौडमा भाग लिन सक्षम हुनुहुनेछ
खसे बिना कोही पनि उठ्न र चल्न सिक्न सक्दैन
बाल्यकालको यो सानो सिकाइले हाम्रो जीवन राम्रो बनाउँछ।

मदनको हास्य

मदन आफ्नो मजाक सुनाउनुहोस्
एकोन हाँस्न थाल्छ
व्यर्थ हास्य नभन्नुहोस्
तिम्रो ठट्टामा मुस्कान झर्नु पर्छ
सानो वर्षाका थोपाहरू बिस्तारै व्याप गर्नुपर्छ
तर झगडा सुरु गर्न कहिल्यै हल्ला नगर्नुहोस्
मजाकले पारिवारिक सम्बन्ध बिगार्नु हुँदैन
चुटकुले मुस्कान र हाँसोको लागि हो
रुने र परिस्थितिलाई नराम्रो बनाउनको लागि होइन।

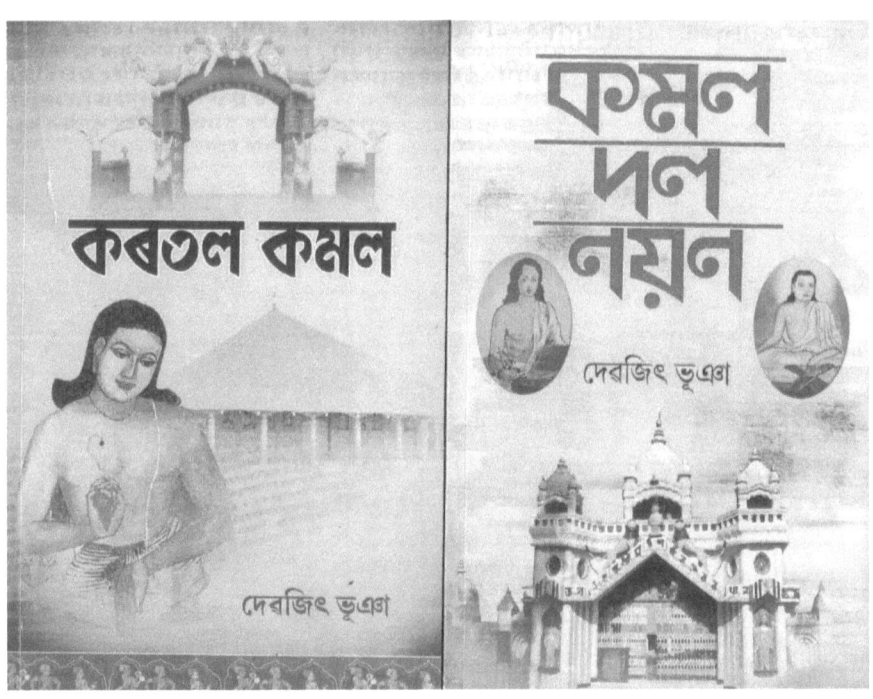

कोको द वंडर पग

कोको, तपाईं हाम्रो प्यारो पाल्तु जनावर हुनुहुन्छ
भान्सा तपाईंको प्रिय ठाउँ हो
यदि खाना ढिलो भयो भने, तपाईं भुकाउन थाल्नुहुन्छ
जब पेट भरिन्छ, तपाईं दौडने आनन्द लिनुहुन्छ
तपाईं खराब मानिसहरूलाई धेरै मन पराउनुहुन्छ
तिम्रो लागि घर भगवानको मन्दिर हो
आफ्ना प्रियजनहरूसँग तपाईंले कहिल्यै धोखाधडी गर्नुहुन्न
तपाईको उपस्थितिले सबैलाई खुशी र बबल बनाउँछ
परिवारबाट रिस र उदास अनुहार हराउन थाल्छ
कुकुर मानिसको सबैभन्दा राम्रो साथी हो, कसैले नकार्न सक्दैन
तपाईको अनुपस्थितिले सिर्जना गरेको शून्यतालाई केहिले भर्न सक्दैन।

हावा

असममा, फेब्रुअरी महिनामा, हावा छिटो हुन्छ
हरेक घर र सडक धुलो र सुक्खा पातले भरिएका छन्
जाडो गएको छ, मौसम सुख्खा छ
लील चराहरू, हावासँगै झरेका पातहरू उड्ने गर्थे
जब हावाको गति बढ्छ, ठूला-ठूला रुखहरू पनि ढल्छन्
सुक्खा पातहरूले, असमको खेत खैरो देखिन्छ।

प्राकृतिक जडीबुटी

जडीबुटीले मानव शरीरको रोग प्रतिरोधात्मक क्षमता बढाउन सक्छ
तिनीहरू रोगहरू विरुद्ध लड्न र स्वस्थ जीवनको लागि राम्रो छन्
तर तिनीहरूले सबै रोगहरू निको पार्न सक्छन् भनेर कहिल्यै विश्वास गर्नुहोस्
जडीबुटीहरू भाइरस र ब्याक्टेरियाका लागि एन्टिडट होइनन्
एन्टिबायोटिकले मात्र निमोनिया निको पार्न सक्छ
तर जडिबुटी खाँदा भाइरससँग लड्न मद्दत गर्न सक्छ
जडिबुटी मात्र राम्रो स्वास्थ्यको लागि पूरकको रूपमा लिनुहोस्
रोगसँग लड्नु, राम्रो स्वास्थ्य हुनु धन हो।

मनको डर

हे यार, केही नडराऊ
डर एक खतरनाक हानिकारक चीज हो
मनको डर शरीर द्वारा व्यक्त गरिन्छ
र तपाइँ दौड सुरु हुनु अघि पराजित हुनुहुन्छ
डरमा, तपाईं भूत र अदृश्य प्राणीहरू देख्नुहुन्छ
अनि तिमी बिना लडाईको मैदानबाट भाग्छौ
यो कायरता, अनैतिक र सही छैन
डरले मानिस सफल हुन सक्दैन
एकचोटि तपाईंले डरलाई जित्नुभयो भने, अवसरहरू प्रशस्त हुन्छन्
बहादुर छौ भने सारा संसार तिम्रो साथमा हुनेछ
जसले जित्छ उसलाई चिहानमा गएर पनि याद आउँछ।

रुखहरुको डर

जंगलका रूखहरू आराको आवाजले डराउँछन्
मोटर चालित आराले जंगल पछि जंगल धेरै छिटो नष्ट गर्यो
कुनै समय मानिसलाई रुख काट्न धेरै श्रम चाहिन्छ
तर अहिले यान्त्रिक आराले शरीर समस्यामुक्त छ
परिणाम विनाशकारी हुन्छ र वर्षा वनहरू नष्ट हुन्छन्
ग्लोबल वार्मिङले जलवायु परिवर्तन गर्न बाध्य पारेको छ
हिमनदी पग्लिँदै छ र बाढीले विनाश सिर्जना गरिरहेको छ
एक पटक हातको आरा मानिस र सभ्यताको साथी थियो
जैविक विविधता र पारिस्थितिकी, मोटर चालित आरा नष्ट गर्दैछ।

पार्टी परिवर्तनको राजनीति (भारतमा)

राजनीतिक सम्बन्ध परिवर्तन गर्ने सबैभन्दा उपयुक्त समय निर्वाचन हो
तर पार्टी परिवर्तन जनताको समस्या समाधानका लागि होइन
सत्ताको लोभमा नेता र अनुयायीले पार्टी परिवर्तन गर्छन्
पैसा, रक्सी, धन र नारी ठूला प्रेरक हुन्
नेताहरूले मतदातालाई किन धोका दिन्छन्, कसैले अनुगमन गर्न रुचाउँदैनन्
 राजनीतिज्ञहरूको लागि, जनताको सेवा सधैं माध्यमिक हुन्छ
सकेसम्म आफ्नो पैसा बाकस भर्न प्राथमिक छ
नेताहरूका लागि शक्ति, अधिकार र पैसा बढी महत्त्वपूर्ण हुन्छ
यो सजिलै गर्न सकिन्छ, किनभने धेरै मतदाताहरू अज्ञानी छन्
मौसम पूर्वानुमान र परिवर्तन पक्षका लागि निर्वाचनको समय उत्तम हो।

नयाँ रंगहरू

धेरै रंग भएका फूलहरू फुल्छन्
आसाममा वसन्त आएको छ
बिहुको मौसम, नृत्य उत्सव
ढोल-पेपाको आवाजले मध्यरातको मौनता तोड्छ
पिपलको रूखमुनि, लभबर्डहरू खुसीसाथ भेट्छन्
न घृणा, न झगडा, न रंग, जात, धर्म, न विभेद
सबैजना कुनै पनि सामाजिक विभाजन बिना उत्सवको मूडमा छन्
नयाँ लुगा लगाएर, केटाकेटी र किशोरकिशोरीहरू खेल्छन् र उफ्रछन्
हजुरआमाहरू पनि नृत्यमा सक्रिय सहभागी हुन्छन्
काजिरंगामा पनि गैँडाको बाछो यता उता दौडन्छ ड्रम बजिरहेको सुनेर ।

अर्को जीवनमा भेटघाट

मृत्युपछि अर्को संसारमा जीवन छ कि छैन कसैलाई थाहा छैन
अमर आत्माको अस्तित्व मिथक हुन सक्छ, वास्तविकता होइन
त्यसोभए कसैलाई माया गर्नको लागि अर्को जीवनको पर्खाइ किन, भन म तिमीलाई माया गर्छु
यो जीवनमा प्रेमको सुन्दरतालाई माया र आनन्द लिनुहोस्
अर्को काल्पनिक जीवनको लागि केहि पेन्डिङ नराख्नुहोस्
अर्को तिर जीवन छ भने तिम्रो खुशी र माया दोब्बर हुनेछ
पक्कै पनि, समानान्तर संसारको साथ, जीवनको परिभाषा फराकिलो हुनेछ
तैपनि, आज जीवनको प्रेम र सुन्दरताको इन्द्रेणीको आनन्द लिनुहोस्
भोलि, अर्को वर्ष, अर्को जीवन आउन सक्छ वा आउँदैन, कसलाई थाहा छ?

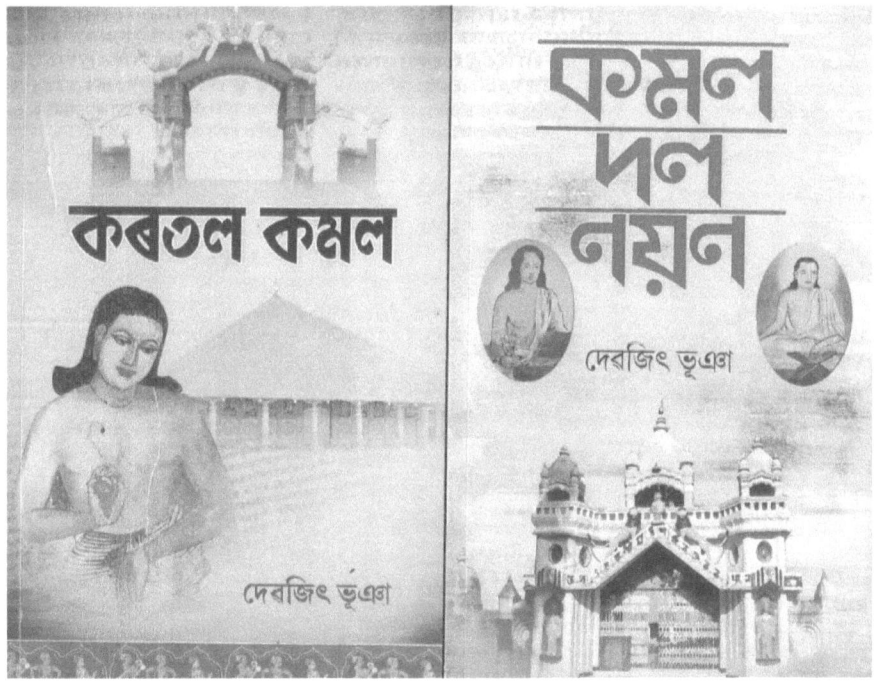

धम्की

आफ्नो साथी वा कसैलाई कहिल्यै धम्की नगर्नुहोस्
यसले शत्रुता र झगडा ल्याउनेछ
प्रेम र सम्बन्ध सदाको लागि हराउनेछ
उग्र स्वभावको कारण मानिसहरूले तपाईलाई टाढ्नेछन्
बदमाशी संग प्रगति र मानसिक शान्ति हराउनेछ
धम्की दिनु भन्दा, सहिष्णुता र रुनु राम्रो हो
तिम्रो आँसु पुछनको लागि भगवानले कसैलाई पठाउनुहुनेछ।

पुजारी

आजकल पुजारीहरू पनि इमान्दार र नैतिक छैनन्
तिनीहरू कहिल्यै सत्य र निष्ठाको बाटोमा लाग्दैनन्
धर्मको नाममा पुजारीहरुले जनतालाई धोका दिइरहेका छन्
धर्म सुधार र असल मानिसहरूको प्रवेश समाधान हो
पुजारीहरूले मानिसहरूलाई विभाजित गर्छन् र एकअर्कासँग लड्न उक्साउँछन्
तपाईं जनताले तिनीहरूलाई मुक्तिदाता र गॉडफादरको रूपमा विश्वास गर्नुहुन्छ
बिचौलियाहरूले वास्तविक धार्मिक शिक्षालाई नष्ट गरिरहेका छन्
किनभने यसले उनीहरूको कमाई बढाउन मद्दत गर्छ
पुजारीहरूले धर्मलाई छलाएर फोहोर बनाएका छन्
मदिरा, धन र महिला संग, तिनीहरू पार्टी मनाउँछन्

येशूका शिक्षाहरू अझै पनि मान्य र सरल छन्
धर्ममा बिचौलियाले समस्या मात्र सृजना गरिरहेका छन् ।

सूर्य उदाउन देउ

हरेक पटक हजारौंको संख्यामा मानिस अगाडि बढ्छन्
पदयात्रा जस्तो लाग्छ
नेताहरूले आफ्नै स्वार्थका लागि नयाँ राजनीतिक दल बनाए
झुटा आश्वासन दिएर मतपत्रबाट सत्ता कब्जा गरिन्छ
तर जनताका समस्या भने उस्तै रहे
जनआन्दोलन र आन्दोलन सधैं राजनीतिक खेल हो
ख्याति कमाएमा आफू शासक हुने कुरा नेताहरूलाई राम्ररी थाहा छ
नेताहरू आउँछन् नेताहरू जान्छन्, जनता उनीहरूको पछाडि उभिन्छन्
शक्ति चक्रमा एक समूहबाट अर्को समूहमा परिवर्तन हुन्छ
तैपनि गरिब जनता गरिब नै रहे, सधैं समस्यामा।

भरत, छिटो गर

हतार गर्नुहोस्, हतार गर्नुहोस्
बाटोमा चिप्लिनु हुन्न
रुखमुनि नपर्नुहोस्
त्यहाँ धेरै मौरीहरू उडिरहेका छन्
ठूला रूखहरू रूखहरूको लागि गुँड हुन्
शहरहरूमा तपाईंले तिनीहरूलाई फेला पार्नुहुनेछैन
मानिसहरूले घर बनाउनका लागि सबै रूखहरू काटिदिए
सहरहरू कंक्रीट, प्रदूषण र कारको जङ्गल हुन्

प्रदूषणबाट मौरीहरू सधैं टाढा रहन्छन्
सभ्यतामा सहरको विकल्प छैन
त्यसैले त्यहाँ बस्न सबैलाई हतार छ।

सबैलाई माया गर्नुहोस्

सबैलाई माया गर्नुहोस्, सबैलाई माया गर्नुहोस्, सबैलाई माया गर्नुहोस्
पैसाको लोभमा कसैलाई पनि घृणा नगर
यस संसारमा, प्रेम वास्तविक मह हो
माया पाए जीवन सफल हुन्छ
संसार स्वर्ग जस्तै हुनेछ
धन र धन समय संगै सड्न सक्छ
तर मृत्यु सम्म, बिना शर्त प्रेम प्रवाह हुनेछ
पातमा पानीको थोपा झैं तिमी चम्किनेछौ
जाँदा पैसाले रुने छैन
जसले तिमीलाई माया गर्‍यो, आँसुले बिदाइ गर्नेछ।

टम, तपाईं काम सुरु गर्नुहोस्

टम, तपाईं काम गर्न थाल्नुहुन्छ र आफ्नो व्यवसायमा ध्यान दिनुहुन्छ
तिमीलाई सदाको लागि कसैले सित्तैमा खाना दिनेछैन
आफ्नो हातमा आरा र हमर लिनुहोस्
यो संसारमा अवसरको कुनै कमी छैन
आसाममा अन्य राज्यका मानिसहरूले धेरै पैसा कमाउँछन्
तर तिमी भन्छौ, मेरो देशमा अवसर छैन
आफ्नो हातमा कम्प्युटर, कलम, र किताबहरू कुरा गर्नुहोस् वा केवल रूखहरू रोप्नुहोस्
एक दिन ती रुखहरूले फल दिनेछन्, जीवन तनावमुक्त हुनेछ।

मृत्युको समयमा

तपाईंको अन्तिम प्रस्थानको समयमा
पैसा तपाईको साथी हुनेछैन
तिम्रो सुन्दर घरले साथ दिनेछैन
तिमीले जम्मा गरेको प्रिय सामान छरपष्ट रहनेछ
मरेपछि यो जीवनको अर्को पक्षमा केही हुँदैन
मासु र हड्डीको लाश चिहान मुनि हुनेछ
यदि तपाईंले जिउँदो हुँदा तिनीहरूको खराब दिनहरूमा कसैलाई मद्दत गर्नुभएन भने
तिम्रो मृत्यु पछि तिम्रो चिहानमा कसैले फूल चढाउने छैन
जीवित रहँदा, उदार, उदार र अरूलाई मद्दत गर्नुहोस्
मानिसहरूलाई तिनीहरूको पीडा र संकटको समयमा माया गर्नुहोस्
मरेपछि पनि तिम्रा यादहरु बढ्दै जानेछन्।

घरको भँगेरा

तपाईंको घर नजिकै बस्ने सानो चरालाई माया गर्नुहोस्
मानिसको लामो समयदेखिको साथी
होमो सेपियन्सको प्रगति इतिहासको अंश
दश हजार वर्ष लामो यात्रामा मानिसले कहिल्यै छाडेको छैन
तर अहिले उनीहरु सहर र गाउँमा जोखिममा छन्
कंक्रीटको जंगलले उनीहरुको बासस्थान ध्वस्त पारेको छ
यो सानो चरालाई माया गर्नुहोस् र तिनीहरूलाई विलुप्त हुनबाट मद्दत गर्नुहोस्
अन्यथा, मानव जातिले आफ्नो उडान साथी मध्ये एक गुमाउनेछ।

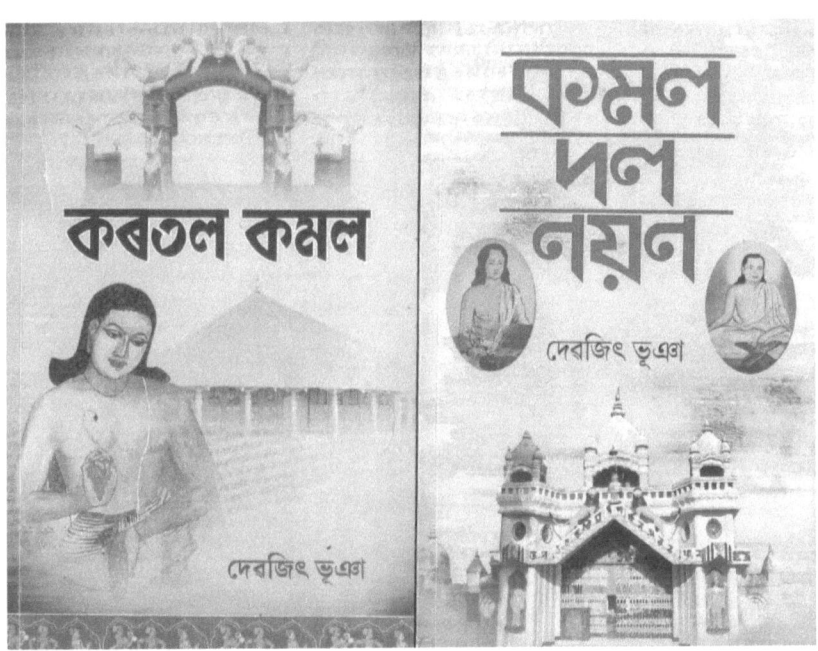

पैसाको चमक

लाखौं मानिस भोकमरीमा छन्
तर खाद्यान्नको बर्बादी भने जारी छ
धनीहरू पैसाको बलमा बढी बर्बाद गर्छन्
आफ्नो लक्जरी र शौकको लागि, तिनीहरू अधिक कार्बन उत्सर्जन गर्छन्
भोका गरिबहरूले शून्य कार्बन समाधानमा कसरी योगदान गर्नेछन्?
एउटा ठूलो, विकसित सहरले गरिब राष्ट्रभन्दा बढी कार्बन उत्सर्जन गर्छ
कार्बन उत्सर्जनको लागि समान भत्ता मात्र समाधान हो
चाँडै जलवायु परिवर्तन र ग्लोबल वार्मिंगले मार्नेछ
धनीभन्दा धनी पनि पीडित र पतन हुनेछ।

काम गर्न तयार हुनुहोस्

यदि तपाईं ईमानदारीपूर्वक भगवानलाई प्रार्थना गर्नुहुन्छ भने तिम्रो काम गर्न न त भगवान न कोही आउनेछन्
प्रार्थना मात्र पर्याप्त छ भन्ने गलत बुझाइ छोड्नुहोस्
आफ्नो काम आफै कुशल बन्न तयार हुनुहोस्
यदि आवश्यक छ भने, आफ्नो बाटो र पुल आफै बनाउनुहोस्, कसैको प्रतीक्षा नगर्नुहोस्
नदी र समुद्र पार गर्नुहोस् र भगवानले डुङ्गा पठाउने प्रतीक्षा नगर्नुहोस्
एकचोटि तपाईंले गर्न थाल्नुभयो भने, मानिसहरू सामेल हुनेछन् र सहयोगी हातहरू पछ्याउनेछन्
टोली विकास हुनेछ र तपाईं नेता हुनुहुनेछ
तर काम बिना, कसैले तपाईंलाई न टोपी न प्वाँख दिनेछ।

सफल जीवन

पैसाले मात्र जीवन सफल हुँदैन
प्रार्थनाले मात्र जीवन सफल हुँदैन
कडा परिश्रमले पनि सफलता दिन सक्दैन
सम्बन्धले मात्र जीवन सफल हुँदैन
न त तिम्रो लेखनले जीवन सफल हुन्छ
धेरै सन्तान भएर जीवन सफल हुँदैन
प्रेमको बाटोमा लगनशील भएर जीवन सफल हुनेछ
र मानवता र मानव जातिको लागि उदार काम।

गोल्डेन असम

असम चम्किलो सुन जस्तै हो
प्रकृतिको सौन्दर्य दिनहुँ प्रकट हुन्छ
तैपनि असम पिछडिएको र अविकसित छ
गर्मीमा असम पानीमुनि डुब्छ
सयौं वर्षसम्म मानिसहरूले यसको बारेमा छलफल गरे
तर बाढीको समस्या अझै समाधान हुन सकेको छैन
भ्रष्टले जनताको पैसा लुट्यो
अझै पनि थकाइलाग्दो आम मानिसको यात्रा रह्यो
हे युवा पुस्ता एकजुट भएर अगाडि बढौ
भ्रष्ट राजनीतिज्ञहरूलाई सजाय दिनुहोस् र असमलाई इनाम दिनुहोस्।

मैनबत्ती

मैनबत्तीले चिहानमा उज्यालो प्रकाश दिन्छ
यसले जलेको बेला मृतकको सम्झना दिन्छ
मानिसहरूले वर्षमा एक पटक बिरामीलाई सम्झन्छन्
मैनबत्तीको प्रकाशको साथ सर्वशक्तिमानलाई प्रार्थना गर्नुहोस्
चिहान शव फाल्ने ठाउँ मात्र होइन
यो हरेक मित्र, शत्रु वा शत्रुको अन्तिम गन्तव्य हो
मैनबत्तीले बाँच्दा सबैलाई उज्यालो बनाउनुपर्छ
मैनबत्ती बाल्दा अन्तिम गन्तव्य सधैं याद आउँछ।

अवध राज्य

एक समय भारत मा एक गौरवशाली राज्य
सबै राजाहरूका स्वामी रामले विधिको शासन स्थापना गरे
कुनै अपराध छैन, कुनै डर छैन, असहमतिको आवाजको दमन छैन
सीता र लक्ष्मणलाई पनि देश निकाला गरियो
अवधको जीवन शुद्ध र सरल थियो
तर फस्टाउँदै गएको राज्यले परिवर्तनको सामना गर्न सकेन
अब इतिहास र जीर्ण स्मारकहरू मात्र बाँकी छन्
नयाँ राम मन्दिरको साथ, यसको हराएको महिमा फेरि पुनर्जीवित भएको छ।

मखमली

मखमलको स्पर्श धेरै कोमल र धेरै नरम छ
प्रकृतिबाट कपासको नरम एकीकरण जस्तै
विभिन्न रंग संग भव्य र तेजस्वी हेर्नुहोस्
मखमली लुगा कुनै समय कपडाको रानी मानिन्छ
मखमलीको महिमा फिक्का भए पनि अझै छ
मखमलीको आकर्षण अहिले पनि जनताले टार्न सक्दैनन् ।

चन्द्रमा

चन्द्रमा आफ्नो परिक्रमा मार्गमा बारम्बार देखिन्छ र गायब हुन्छ
बिहान चन्द्रमा गायब भएपछि चराहरूले गाउन थाल्छन्
चन्द्रमाको परिक्रमा देखेर मानिसहरु धार्मिक व्रत बस्छन्
एक पटक भगवान मानिन्छ, मानिसले यसको सतह धेरै पहिले अवतरण गर्‍यो
अहिले मानिसहरु प्रविधिको माध्यमबाट चन्द्रमामा बस्ने दौडमा छन्
चन्द्रमाले उपग्रहको रूपमा जन्मेदेखि नै पृथ्वी ग्रहलाई प्रभाव पारेको थियो
हाई टाइड, न्यू टाइड चन्द्रमाको गुरुत्वाकर्षणको प्रभाव हो
चाँडै, मानव उपनिवेश चन्द्रमा र राष्ट्रहरूको द्वन्द्व हुनेछ

चन्द्रमामा जीवन थियो भन्ने मिथक फरक तरिकाले भइरहेको छ
तर अहिले चन्द्रमा रहेको प्राकृतिक मार्गलाई नष्ट गर्नु खतरनाक हुनसक्छ
चन्द्रमा बिना, हाम्रो ग्रह पृथ्वी को मौसम जीवन को लागी उपयुक्त हुनेछैन।

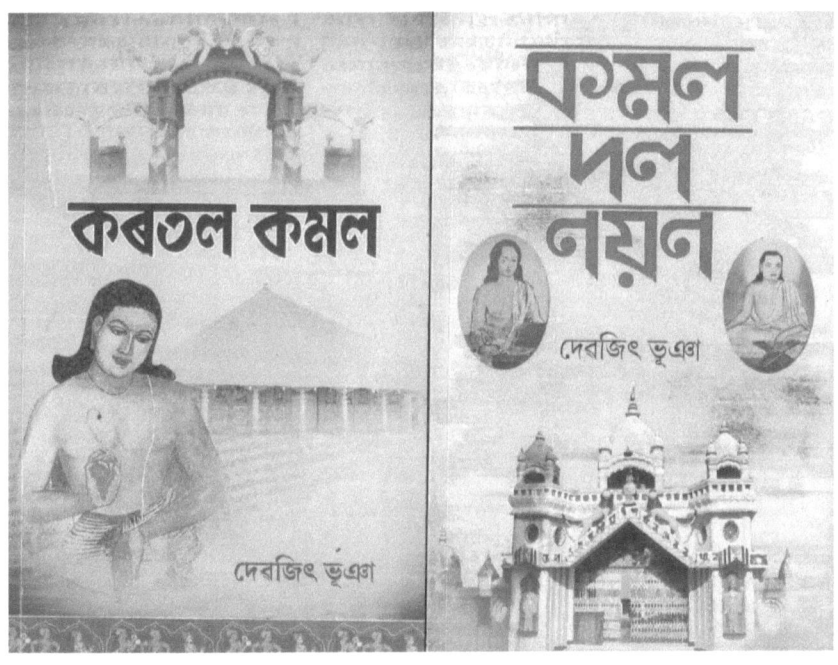

खरायो

निर्दोष खरायो को लागी दयालु हुनुहोस्
तिनीहरू पर्याप्त बलियो छैनन्
सबै जनावरहरू तिनीहरूलाई मार्न चाहन्छन्
तर सेतो फर संग, तिनीहरू जंगलको सुन्दरता हुन्
यहाँ र त्यहाँ रमाईलो र आनन्द संग घुम्नुहोस्
कुनै पनि कारणले कसैलाई हानि नगर्नुहोस्
तर तिनीहरूको स्वादिष्ट मासु शत्रु ल्याउँछ
मानिसहरूले पनि रमाइलो र फर को लागी मार्छन्
कहिलेकाहीँ उनीहरू जेलमा बस्न बाध्य हुन्छन्
उनीहरूलाई मानिसले लगाएको कारण मन पर्दैन
मानिसले आफ्नो प्राकृतिक बासस्थान नष्ट गरेको छ
अब तिनीहरूलाई बचत गर्नु सानो प्रशंसा हुनेछ।

झगडा

ए सानो बच्चा, झगडा नगर, तिम्रो खेल बिगार्छ
रिस उठ्नेछ र हप्तासम्म खेल्ने छैन
रमाइलो खेल्ने तरिकामा क्रोध धेरै खराब छ
आफ्नो क्रोध र झगडालाई बोतलमा बन्द गर्नुहोस्
शंकरदेवको देशमा झगडालाई कुनै स्थान छैन
एकअर्कालाई माया गर्नुहोस् र साथीहरूसँग रमाइलो खेल्नुहोस्
बुढ्यौली बढ्दै जाँदा यी दिनहरूले झगडा रोक्न मद्दत गर्नेछ
समाज विवेकपूर्ण र हिंसामुक्त हुनेछ।

गैंडा, बाँच्नको लागि संघर्ष

गैंडा, शिकारीसँग नडराऊ
महसुस गर्नुहोस्, तपाईं सीङको साथ कति बलियो हुनुहुन्छ
बाँच्नको लागि मानवसँग लड्नुहोस्
हिरण, हात्तीलाई साथमा लिएर जानुहोस्
राजा कोब्रासँग पनि मित्रता
सबै मिलेर काजीरंगाका उद्धारकर्ता बने
काजिरंगा अनादिकालदेखि नै तिम्रो भूमि हो
चील र जंगली भैंसी पनि तपाईको टोलीमा हुनेछन्
सधैँ एक्लै सुतिरहेको अजिंगर जस्तो नबन
तपाईं काजिङ्गामा जनावरहरूको नेता हुनुहुन्छ, फाइटब्याक
एक दिन मानिसमा सद्बुद्धि विजयी हुनेछ
तपाईंले सबै जनावरहरूसँग बाँच्नको लागि दौड जित्नुहुनेछ।

खोलाको लहर

कहिलेकाहीँ खोलाको तरंग छाल बन्छ
तराईमा पानी बाढीको रूपमा छिटो बग्छ
Zig Zag नदीको बाटो बन्छ

सडक, घर बाली सबै पानीमा डुबेको छ

माटो र बालुवाको तहले घर ध्वस्त पार्छ
तैपनि बाढीपछि फेरि हरियो घाँस उम्रन्छ
घाँसे मैदानले कायाकल्पको लागि बाढी निम्तो गरेझैं।

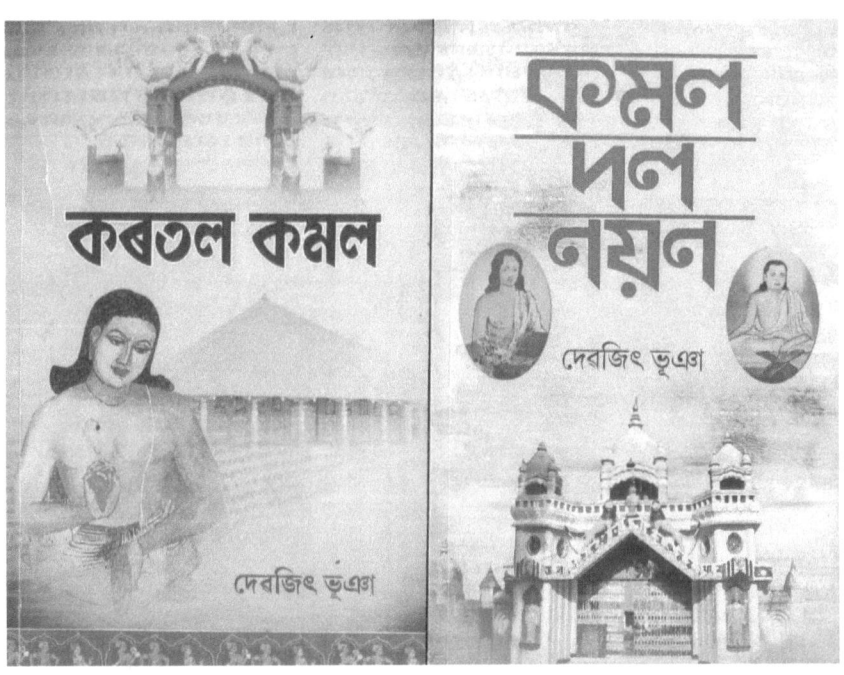

लामखुट्टे

बन्द जलाशयमा जन्मियो
सानो मौरी जस्तै सुनिन्छ
मानिसको रगतको लागि सधैं लोभी
यद्यपि जीवन केही दिन र छोटो छ
गर्मीमा, जंगली घाँस जस्तै नस्ल

मानिसमा ज्वरो र अन्य रोग ल्याउँछ
असमको गुवाहाटी सहर लामखुट्टेको लागि मक्का हो।

ज्योतिषी

ज्योतिषीहरू ईश्वरका प्रतिनिधि होइनन्
अधिकांश समय तिनीहरूको भविष्यवाणी गलत हुन्छ
ज्योतिषीहरूको तथाकथित गणना ठगी हो
मानिसहरूलाई धोका दिन्छन् र आफ्नो फाइदाको लागि पैसा कमाउँछन्
तर पनि आम मानिसले पुरानो उमेरलाई अन्धविश्वासमा विश्वास गर्छन्
धेरै पैसाको साथ, तिनीहरू मीठो शब्दहरू र राम्रो भविष्यवाणीहरू बोल्छन्
तर पैसा बिना, तिनीहरूले धेरै प्रतिबन्ध लगाउनेछन्।

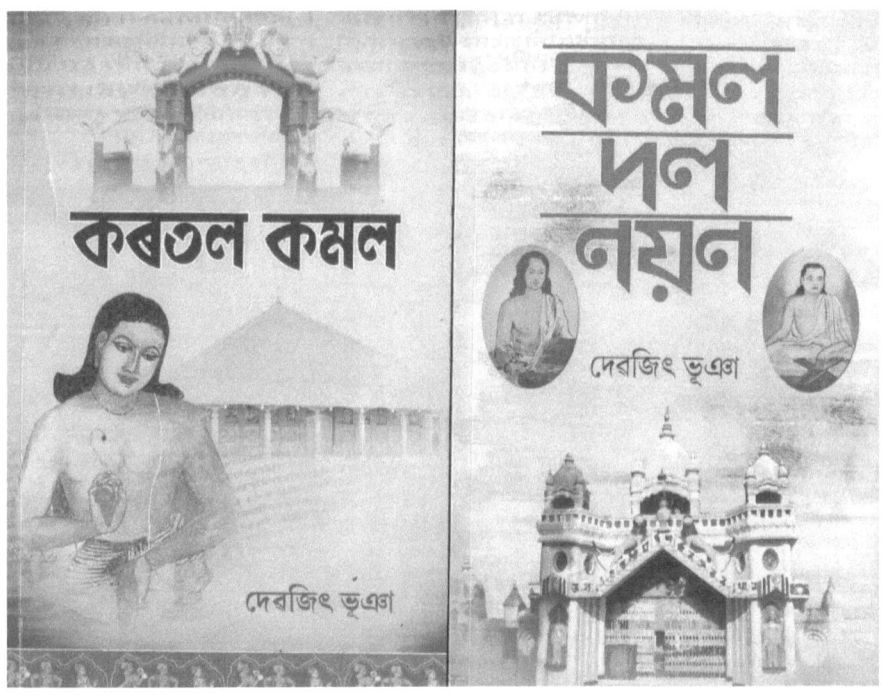

साठ वर्षको उमेर

बीस वर्षको उमेरमा जस्तो दौडन सक्नुहुन्न
शरीर कमजोर, भंगुर र हड्डीहरू नाजुक हुन्छन्
हड्डीमा चोटपटक वा क्षति कहिल्यै चाँडो निको हुँदैन
यद्यपि तपाईको दिमाग युवा वा किशोर जत्तिकै जवान हुन सक्छ
तर केहि काम पछि, तपाईंको शरीर आराम को लागी उत्सुक हुनेछ
स्वीकार गर्नुहोस् कि तपाइँ कलेज दिनहरूमा जति छिटो दौडन सक्नुहुन्न
अतिरिक्त प्रिमियमको लागि पनि बीमा कम्पनीहरू अनिच्छुक छन्
६० वर्षको उमेरमा आफ्नो स्वास्थ्य र मुटुको ख्याल गर्नुहोस्
व्यायाम नगरी र धेरै छिटो हिड्दा तपाईलाई खिया लाग्नेछ।

क्षय नहुने आमा

मान्छे आउँछन् मान्छे जान्छन्
मन हरेक पल परिवर्तन हुनेछ
कहिलेकाहीँ मानिसहरूले प्रशंसा गर्नेछन्
कहिलेकाहीँ मानिसहरूले अस्वीकार गर्नेछन्
कहिलेकाहीँ मानिसहरू उदासीन हुनेछन्
तर पहाड र पहाड जस्तै
आमा सधैं साथमा हुनुहुनेछ
बच्चाहरु को लागी उनको माया शंकास्पद छैन
त्यही भएर बिकास अगाडि बढिरहेको छ
र हाम्रो मानव सभ्यता जारी छ।

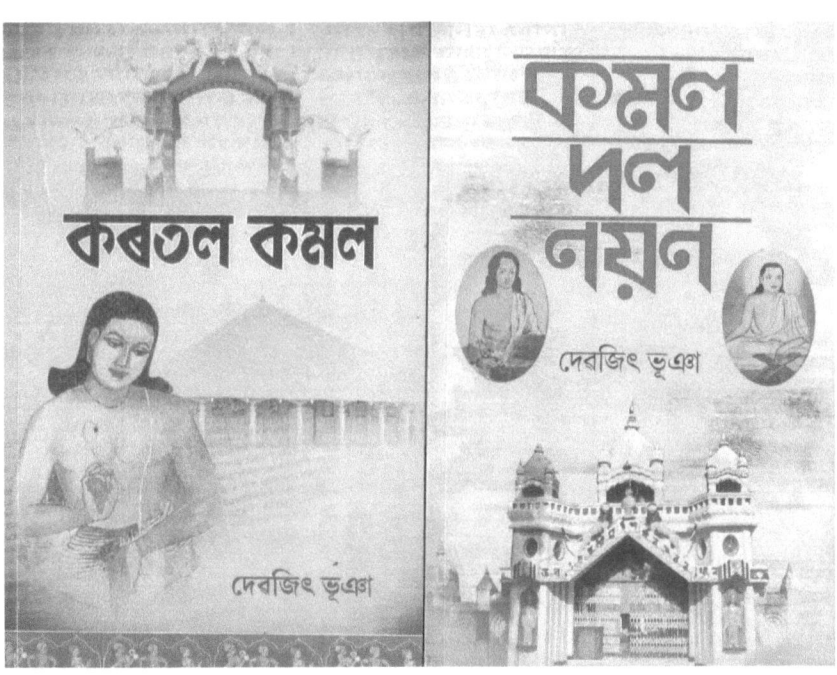

प्रिय आसाम

असम हाम्रो प्यारो ठाउँ हो
हामी विदेशमा पनि सधैं सम्झन्छौं
हरेक दिन हामी फर्कने बारे सोच्दछौं
यहाँका फलहरू विविध र रसदार छन्
मध्यम हावापानी महसुस गर्न धेरै राम्रो छ
अनौठो जैविक विविधता भएको धानका प्रजातिहरू
एकसिङ्गे गैंडा र जनावरले समृद्धि बढाउँछ
मानिसहरू सरल छन् र धनको लोभी छैनन्
मातृभूमि असम हाम्रो वास्तविक शक्ति हो।

प्रेमको मलम

बामले पखेटा किराबाट हुने चिलाउने समस्या निको पार्न सक्छ
विभिन्न पीडाबाट छुटकारा पाउन बाम लिन्छौं
तर मानसिक पीडामा प्रेम मात्र मलम हो
कसैको मनको पीडालाई माया र हेरचाहले निको पार्नुहोस्
यसले तपाईको मनलाई आनन्द दिनेछ
अन्धविश्वासले शारीरिक र मानसिक रोग निको हुन सक्दैन
गैंडाको सिङ वा बाघको दाँतमा कुनै जादुई निको पार्ने शक्ति हुँदैन
 तिनीहरू सुन्दरताका साथ निर्दोष प्राणी हुन्
उपचारको लागि गैंडा मार्नु पागलपन मात्र हो
भगवानको हरेक सृष्टिलाई दयाले प्रेम गर्नुहोस्।

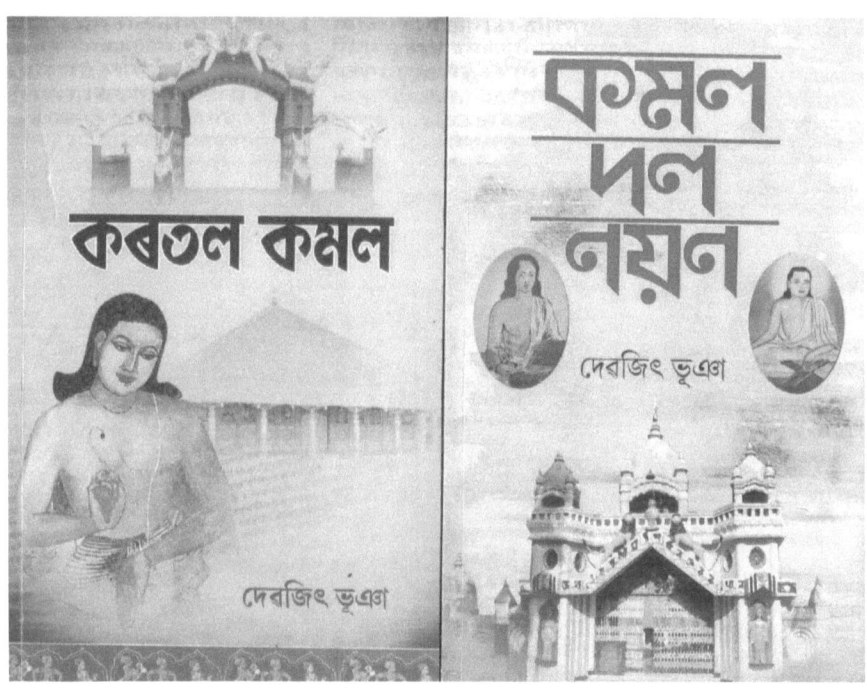

घर र परिवारको जानकारी

धेरैको मन उदास र उदास रहन्छ
अहिले घरको अवस्था राम्रो र सहज छैन
घरलाई मीठो बनाउनको लागि सम्बन्धहरू धेरै जटिल छन्
जब हाम्रो आफ्नै घर राम्रो आकार र सद्भाव मा छैन
सहर र देशमा सद्भावको बारेमा हामी कसरी सोच्न सक्छौं?
सबैले अनुकूल घर वातावरणको लागि काम गर्नुपर्छ
घर भित्र अहंकार र झूटा श्रेष्ठता कम्प्लेक्स फ्याँक्नुहोस्
घर, माया, जोश र मनोवृत्ति परिवर्तन गर्ने तरिका हो
एकपटक घरेलु मोर्चा सही ट्र्याकमा पुगेपछि राष्ट्र पनि डगमगाउनेछ।

मिहिनेतबाट पैसा आउँछ

खेतमा र रुखमा पैसा कहिल्यै फल्दैन
तर खेती गरेर पैसा कमाउन सकिन्छ
ऋणको रूपमा लिएको पैसा फिर्ता गर्नुपर्छ
त्यो आफ्नो मेहनतको कमाइ होइन
परिश्रम गरेर कमाएको पैसा मह मात्र हो
पैसा कसरी आउँछ भनेर सोचेर समय बर्बाद नगर्नुहोस्
सहि बाटोमा हिड्यौ भने पैसा जतातत्तै भेटिन्छ
तर पैसा जम्मा गर्न पनि मिहिनेत गर्नुपर्छ
पैसाको बाटो सधैं बाधा र काँटाले भरिएको हुन्छ
त्यसैले समय बर्बाद नगर्नुहोस्, समय पैसा हो र पैसा हुन समय लाग्छ।

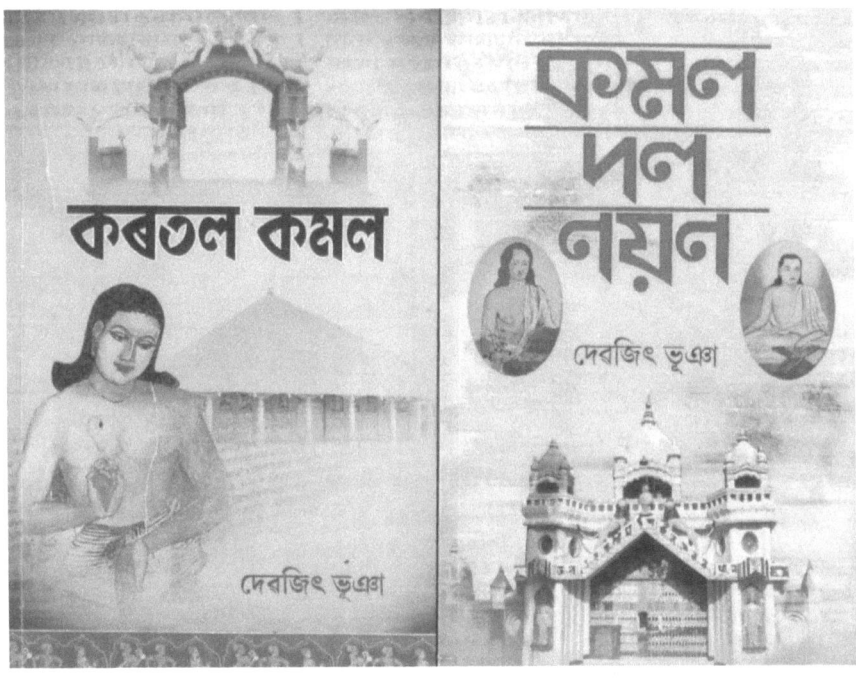

द बुल

साँढेले मानिसको लागि जोत्न थाल्यो र सभ्यता परिवर्तन भयो
तर गोरुले खेतीको न्यूनतम हिस्सा मात्र लिन्छ
तर पनि मानिस भन्दा कम बुद्धिको कारणले कुनै गुनासो वा आक्रोश छैन
चाडपर्वमा मासु खानका लागि गोरु मार्ने गरेका छन्
गोरुहरू साना र शक्तिहीन ईश्वरका सन्तान हुन्
उनीहरूलाई नैतिक व्यवहार दियौं भने के गलत छ?
मानव सभ्यताको विकासमा उनीहरुको योगदान अपार छ ।

क्रोध

क्रोध हाम्रो सबैभन्दा ठूलो शत्रु हो
क्रोधमा, मानिसहरू नजिक र प्रिय मारे
परिवार, देश बर्बाद हुन्छ
गर्मीमा ठूला–ठूला घटना भइरहेका छन्
अनि पीडा जीवनभरि रहन्छ
हरेक दिन, हरेक पल आफ्नो क्रोधलाई नियन्त्रण गर्नुहोस्
लाभ अपार र अमूल्य हुनेछ
तपाईं सबैलाई माया गर्न थाल्नुहुन्छ र सबैले तपाईंलाई माया गर्नेछन्
इन्द्रेणीको साथमा हजारौं फूलहरू फुल्नेछन्।

तातो झटका चिसो उडाउनुहोस्

कहिले तातो फुकाउ, समय माग्यो भने चिसो फुकाउ
जीवनमा सफल हुनको लागि, यो एक महत्त्वपूर्ण नियम हो
यदि तपाईं धेरै तातो हुनुभयो भने, तपाईंको उद्देश्य पूरा हुनेछैन
यदि तपाईं धेरै चिसो भयो भने, मानिसहरूले फाइदा लिन्छन्
बोल्दा विनम्र हुनुहोस्, तर आवश्यक भएमा कडा बोल्नुहोस्
कुनै पनि परिस्थितिमा अनियन्त्रित वा असभ्य बन्न आवश्यक छैन
जब गल्ती र गल्ती तपाईको तर्फबाट हुन्छ, कहिल्यै रिसाउनु हुँदैन
नत्र जनताले बाघ भोकाए झैं तिमीलाई घेर्नेछन्
परिस्थिति र परिस्थिति अनुसार प्रतिक्रिया दिनु जीवनको लागि राम्रो हो
सधैँ गाली गर्न नबिर्सनुहोस्, अधिकार श्रीमतीसँग मात्र हुन्छ।

Hoity toity

अहंकारमा कहिल्यै घोडचढी नबन
जनताले छिट्टै तपाईको इमानदार मनोवृत्ति थाहा पाउनेछन्
तिमीप्रति जनताको माया हिउँ जस्तै पग्लिन्छ
तर्कसंगत हुनु र विनम्र व्यवहार गर्नु राम्रो हो
इमान्दारितापूर्ण मनोवृत्तिले तपाईलाई तल धकेल्नेछ
मानिसहरूले तपाईंको मेहनतले प्राप्त गरेको मुकुटलाई पराजित गर्नेछन्
घमण्डी मनोवृत्तिले तपाईको सद्भावनाको लागि चिहान खन्नुहुनेछ
तपाईंको बनावटी शारीरिक भाषाले तपाईंलाई पहाडको टुप्पोबाट धकेल्नेछ।

नयाँ वर्षको माया र स्नेह

नयाँ वर्षको हार्दिक मंगलमय शुभकामना र माया लिनुहोस्
यसको साथमा इन्द्रेणीका सात रङ लिनुहोस्
रुखहरुको रङ फेरिएको छ
बिहु पर्वमा मानिसहरुले नयाँ लुगा किन्ने गरेका छन्
सबैले विभिन्न रङमा पर्वको रमाइलो गरिरहेका छन्
गोरु र गाई पनि नयाँ डोरी लिएर छन्
कतिपय मानिसहरूले राम्रो भविष्यको लागि भगवानमा इन्कार गर्छन्
नयाँ वर्षमा घृणा, ईर्ष्या र अहंकार त्याग्नुहोस्

पिपलको रुखमुनि ढोलको आवाज
युवा नर्तकहरू खुसी र हर्षित छन्
बिहु पर्वको समयमा, असम उत्साहित मूडमा छ
जङ्गलमा गैंडा र पंक्षीहरू पनि खुसी र नाचिरहेका छन्
असमको वातावरण उत्सव र रमाइलो र रमाइलो छ।

मार्च-अप्रिलमा असमको मौसम

मौसम रमाइलो र सुन्दर बन्छ
निलो आकाशमा सेतो बादल उड्छ
सडकमा सवारीसाधन तीव्र गतिमा गुड्छन्
कामको भारीका कारण पवन घर जान सकेनन्
पवनको अनुपस्थितिले आइकोनको मन उदास छ
उनी फुलिरहेको क्रेप चमेलीको रूखतिर हेर्छिन्
ढोलको आवाज सुनेर उनको मन प्रफुल्लित हुन्छ ।
उनी आफ्ना साथीहरूसँग बिहु मैदानमा दौडिन्
पिपलको रुखमुनि सबै सँगै नाचिरहेका थिए
बिहु असमिया संस्कृतिको जीवन रेखा हो
मार्च-अप्रिल सुन्दर मौसमको समय हो।

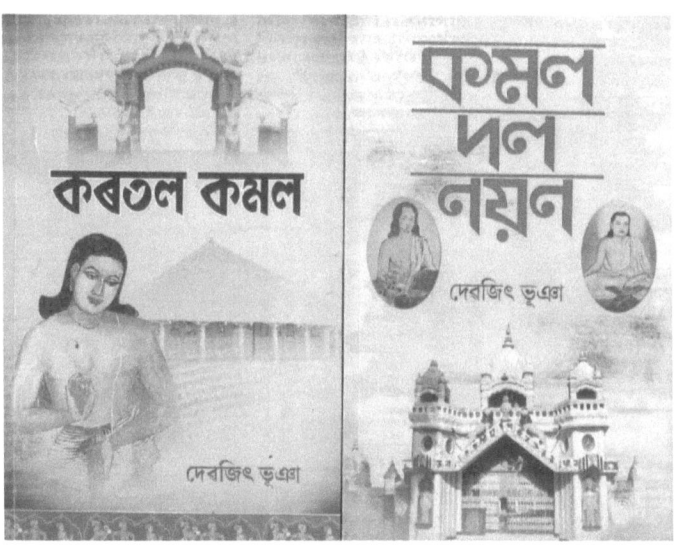

अप्रिलको प्रेम

मेरो प्रेम अप्रिल लिनुहोस्, उत्सव मूडको समय
म तिमीलाई महँगो लुगा वा गहना दिन सक्दिन
मेरो खल्ती पैसाले भरिएको छैन
तर पनि मेरो मनमा माया र माया छ
पैसाको लोभमा सडक काँडाले भरिएको छ
तर प्रेमको बाटो असीमित सुगन्धको छ
अप्रिल महिना धनीहरूका लागि महँगो उपहारहरू खरिद गर्ने महिना हो
मेरो लागि यो भाइचारा र प्रेम फैलाउने महिना हो
म तिमीलाई महँगो रक्सीको बोतल उपहार दिन सक्दिन
तर मेरो हृदय तिमीलाई अँगालो दिनको लागि भेट्न स्वतन्त्र छ
मेरो लागि तिम्रो खुशी अनुहार भन्दा महत्वपूर्ण वा महँगो कुनै उपहार छैन
एकचोटि तिमीले मलाई अँगालो हालेर खुशीले मुस्कुराउछौ, सारा संसार मेरो हो।

अनौठो संसार

यो अनौठो संसार हो
धनी धेरै धनी हुन्छन्, गरिब हातमा हात हुन्छन्
पूर्व र घर सुन्न केही छैन
गरिबको पीडाको कसैलाई चिन्ता छैन
ब्यूटी पार्लर नजिकै विलासी कारहरू रोकिन्छन्
ग्रूमिङ र कपाल कलरमा हजारौं डलर खर्च भयो
तर बाटोमा बस्ने भिखारीलाई एक पैसा पनि छुट्दैन
यो साँच्चै सर्वोच्च प्राणी मानवको अनौठो संसार हो
हरेक पल मानिसहरु बेतुका काममा व्यस्त छन्
यो संसारमा इमानदारीबाट जीविकोपार्जन गर्न धेरै गाह्रो छ
तर लाखौं डलर ठगी र मानिसहरूलाई धोका दिएर आउँछन्
तैपनि राम्रो संसारको लागि, निष्ठा र इमानदारी, नियम सरल छ।

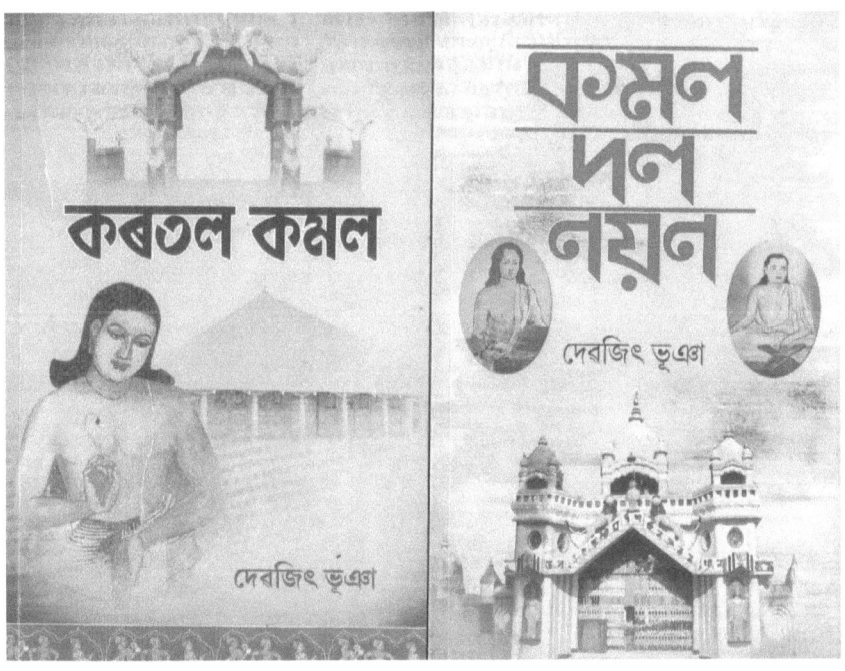

आमाको माया

आमा आमा, प्यारी आमा
आमा आमा, मायालु आमा
स्वर्ग पनि आमा बराबर छैन
प्रेम नदी जस्तै बग्छ
आमाको माया भन्दा चोखो माया अरु छैन
छोराछोरीको हरेक गल्ती माफ गर्छिन्
उनी बिरामी र थकित भए पनि हेरचाह गर्नुहोस्
संकटको बेला सबैले उनको काखमा इन्कार लिन्छन्
उनको स्पर्श र चुम्बन सबै भन्दा राम्रो दुखाइ बाम हो
आमालाई कहिल्यै बेवास्ता नगर्नुहोस् वा मानसिक पीडा नदिनुहोस्
उहाँ मानवता र भाइचारा बीचको लिङ्क हुनुहुन्छ
भूत, वर्तमान र भविष्य आमाको गर्भबाट बग्छ
आमा बिना, समय र सभ्यता ठूलो गर्जन संग रोकिन्छ।

बादल

ए-एप्पल, बी-बल, सी-जलवायु सिकाउनुहोस्
जलवायु धेरै छिटो परिवर्तन हुँदैछ
चैत महिनामा भारी वर्षा हुन्छ
अविरल वर्षाले चाडपर्वमा खलल पारेको छ
मरुभूमिमा पनि भारी वर्षाले विनाश मच्चायो
तर जलवायु परिवर्तनका लागि मानिसहरु असंवेदनशील छन्
बादल फुट्ने क्रम बारम्बार भइरहेको छ
पहाड र योजनाहरूमा यसले दुःख ल्याइरहेको छ
मरुभूमि, पहाड र तराई कुनै पनि जलवायु परिवर्तनबाट मुक्त छैन
मनसुनको दिशा अस्तव्यस्त बन्दै गएको छ
र उर्वर भूमिहरू मस्यौदा र पीडा भोगिरहेका छन्
जलवायु परिवर्तनलाई रोक्न अहिलेको मुख्य लक्ष्य हुनुपर्छ ।

दुरुपयोग

मातृभूमिमा रहेको स्रोतसाधन घट्दै गएको छ
तर होमो सेपियनहरूको जनसंख्या बढ्दै गएको छ
पानीको दुरुपयोग नगर्नुहोस्, उर्जाको दुरुपयोग नगर्नुहोस्
कपडाको दुरुपयोग नगर्नुहोस्, पैसाको दुरुपयोग नगर्नुहोस्
कलम, पेन्सिल, कागज र प्लास्टिकको दुरुपयोग नगर्नुहोस्
चिनी, नुन र एक दाना पनि दुरुपयोग नगर्नुहोस्
समयको दुरुपयोग नगर्नुहोस् र ट्रेन नछुटाउनुहोस्
लाखौं मानिस अझै पनि खाली पेट सुत्छन्
बर्बादी कम गर्नाले उनीहरूलाई दिनको दुई पटक खाना दिन सकिन्छ
परमेश्वरको लागि, चीजहरूको दुरुपयोग कम गर्नु साँचो प्रार्थना हुन सक्छ।

कुनै बखत

कुनै समय आसाम साधनस्रोतले भरिपूर्ण थियो
साना सहर र गाउँहरूमा सीमित बसोबास
घरपछाडिको बगैंचामा फलफूलका रूखहरू प्रशस्त थिए
भान्साको बगैचा हरियो तरकारीले भरिएको थियो
पोखरीहरू विभिन्न स्वदेशी प्रजातिका माछाहरूले जीवन्त छन्
नजिकैको जनसंख्या भएका देशहरूबाट अचानक मानिसहरू बसाइँ सरेका थिए
उनीहरुले सित्तैमा गाईवस्तु चराउने जग्गा कब्जा गर्न थाले
आदिवासी र आप्रवासीबीच द्वन्द्व सुरु भयो
फ्ल्यास पोइन्ट आप्रवासीहरूको नेली नरसंहारको साथ आयो
शान्तिपूर्ण असमको इतिहासमा नेली अझै पनि डरलाग्दो छ
राजनीतिले सहिष्णुताको शंकरदेवको आधारभूत शिक्षालाई बर्बाद गर्यो।

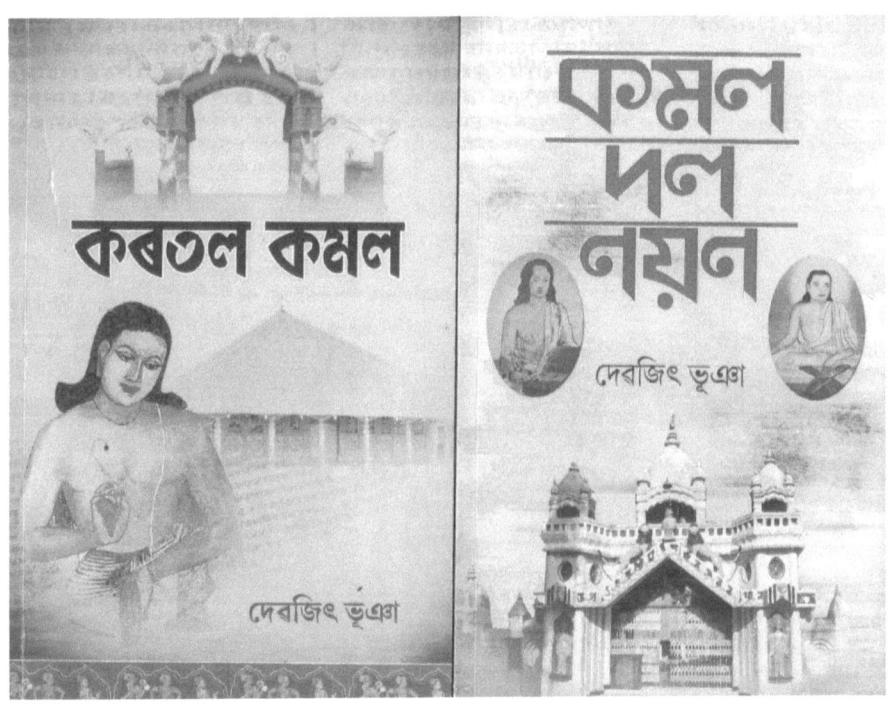

अमूल्य माया

प्रेम मूल्यहीन मार्केटिङ वस्तु भएको छ
यदि तपाईंले पैसा बाँड्नुभयो भने, मानिसहरूले तपाईंलाई माया र प्रशंसा गर्नेछन्
पैसाको साथ, प्रेम र हँसिलो अनुहार प्रशस्त हुनेछ
तर गगनचुम्बी तपाईंको दिन प्रति दिन र चाडपर्व खर्च हुनेछ
उदार बन्न छोडेपछि मायाको खोला सुख्खा हुनेछ
साथ र सम्बन्धको लागि एक्लै रुनु पर्छ
कसैले पनि तिम्रो माया र हेरचाहलाई सम्झने छैन
एकचोटि तपाईंले तिनीहरूको लागि सुनको अण्डा दिने कुखुराको रूपमा जारी राख्नुभयो
यो संसार एक्लै घुम्न र अपरिचित मान्छे भेट्न राम्रो छ
तपाईले एक पैसा खर्च नगरी कसैको मन जित्न सक्नुहुन्छ
त्यो अपरिचित साथीको माया जीवन भर मह जस्तै रहन्छ।

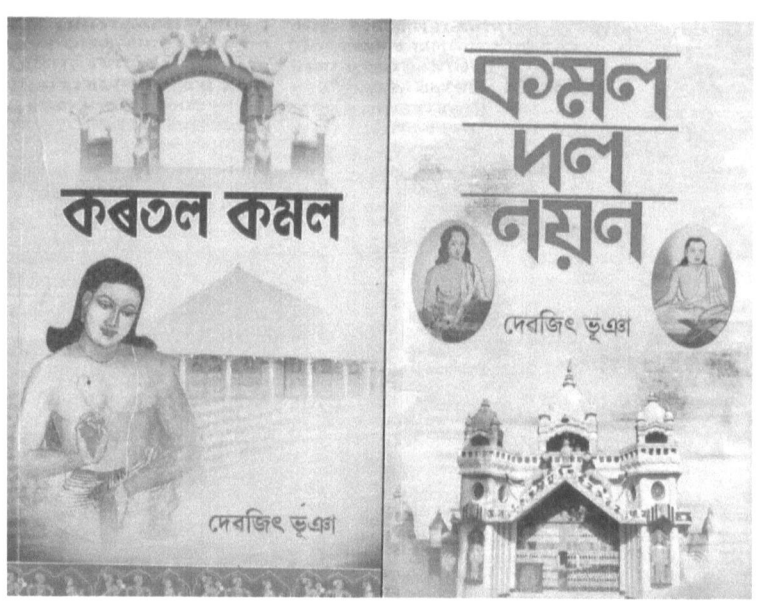

अहोमको छ सय वर्षको निरन्तर शासन

अहोमहरू बर्माबाट असममा आएका थिए, जसलाई अहिले म्यानमार भनिन्छ

र साना राजाहरूलाई पराजित गर्दै अहोम राज्य स्थापना गरे

तिनीहरूले असममा छ सय वर्षसम्म कुनै अवरोध बिना शासन गरे

बृहत्तर असम बनाउन सबै साना जातीय समूहलाई एकताबद्ध गर

यो क्षेत्र कृषि, व्यापार र दरबार निर्माणले समृद्ध छ

आसामको धनसम्पत्तिको बारेमा थाहा पाएर मुगलहरूले आसाममाथि १७ पटक आक्रमण गरे

तर अहोम राज्यलाई जित्न सकेन, र पौराणिक योद्धाहरू जन्मिए

पछि अहोम राजकुमारहरू बीचको झगडाले राज्यको पतन भयो

छोटो अवधिको लागि असम कब्जा गर्ने बर्मी सेनालाई ब्रिटिशहरूले सजिलै पराजित गरे

अहोम राज्यको इतिहास र महिमा सदाको लागि निभ्यो।

म सफल हुनेछु

म एक्लो टापुमा स्वार्थी व्यक्ति होइन
मान्छे र समाज बिना मेरो कुनै अडान छैन
त्यसैले म सधैं गतिशील छु, कहिल्यै स्थिर छैन
जनताको बलले म निडर छु
हामी पहाड तोडेर नयाँ खोला खन्न सक्छौं
मान्छे संग, म चील जस्तै हावा मा उड्न सक्छु
म आकाशमा पूर्णिमा जस्तै चम्कन सक्छु
त्यसैले, म इमानदार र मेरो जनताप्रति प्रतिबद्ध छु
म सधैं सँगै सामुदायिक जीवन बिताउँछु, त्यो सरल छ
टिमवर्क र मिलेर काम गर्नु मेरो प्रगतिको बाटो हो
त्यसैले म आफ्नो र टोलीको सफलतामा विश्वस्त छु ।

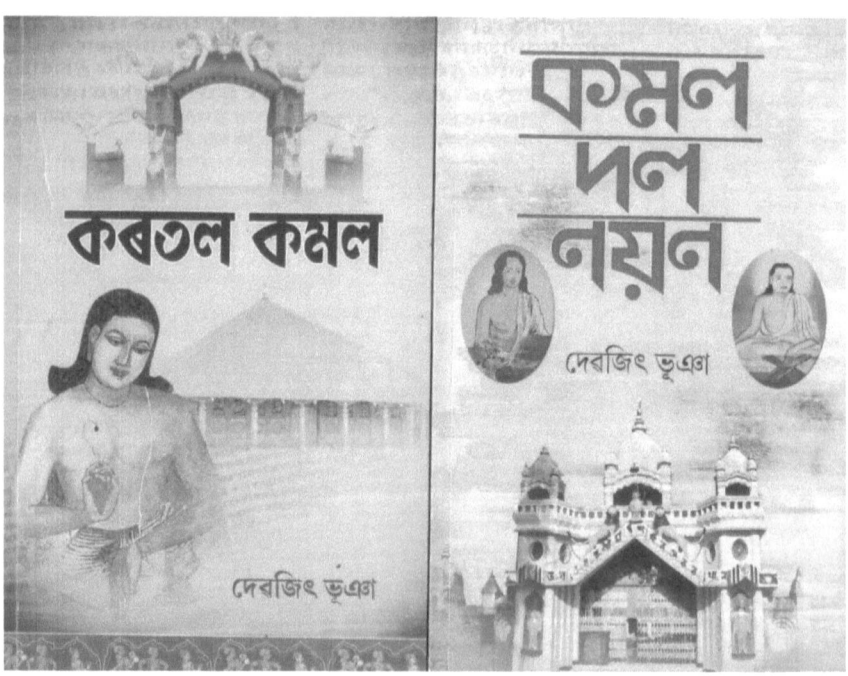

जलेको फूलको रूख

कदम रुखको माथि चीलले गुँड बनाउँछ
त्यसको मुनि हात्तीले रमाइलो खेल्छ र आराम गर्छ
आमा हात्ती नजिकैको केराको रूखलाई हेर्दै छ
उनको बाछो नि:शुल्क चलिरहेको केराको बिरुवाको आनन्द लिन चाहन्छ
सिमालु (बमब्याक्स-सेइबा) बाट उड्ने कपासका केही टुक्राहरू आए।
बाछो त्यही समाउन उफ्रन्छ र त्यसको पछाडि दौडिन थाल्यो
ढोलको पिट सुनेर आमा होसियार हुनुभयो
जङ्गल तिर लागे र हात्तीको फलको मजा लिनुभयो
त्यहाँ पनि उडिरहेको कपासले सेतो रंगले स्वागत गर्यो
यो समय प्रकृतिले सबै प्राणीसँग रमाउने समय हो।

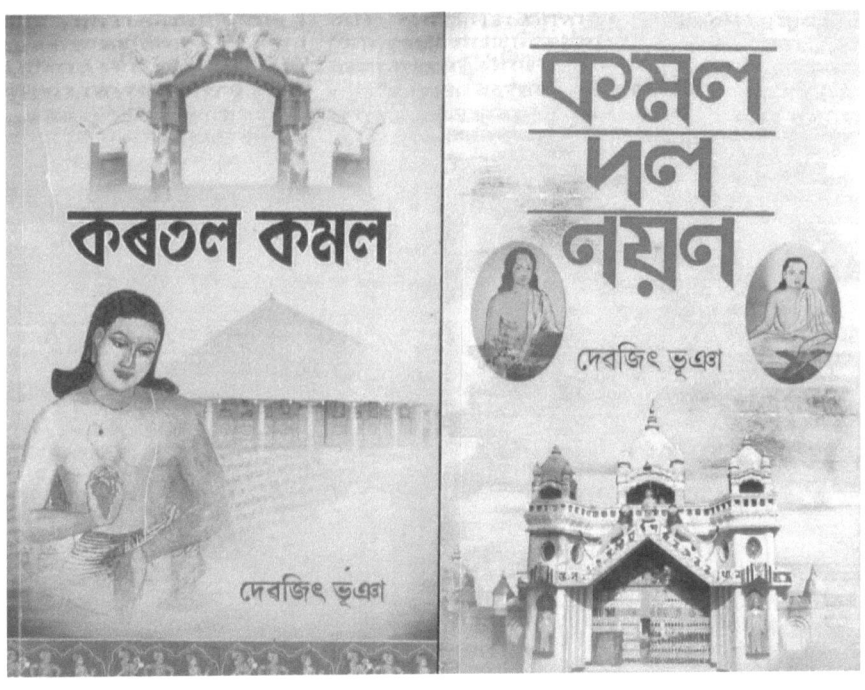

अरबका मानिसहरू

अरब महासागर ठूलो र चौडा छ
तर संकीर्ण सोच भएका मानिसहरु सधैँ लड्छन्
पूरै वर्ष अरब देशहरू धेरै तातो छन्
अरबका मानिसहरू सधैं लड्नुको कारण यो हुन सक्छ
हजरतले यस क्षेत्रमा शान्ति ल्याउन नयाँ धर्मको परिचय दिए
सुरुमा जनताले उनलाई देशद्रोहको संज्ञा दिएका थिए
यद्यपि पछि मुहम्मदको धर्म द्रुत रूपमा बढ्यो
अरब कारणमा शान्ति सदाका लागि लोप भयो
अझै पनि यस क्षेत्रमा कुनै समाधान बिना युद्ध चलिरहेको छ
अरबी जनतालाई महिला मुक्तिको साथमा आधुनिक सोच चाहिन्छ।

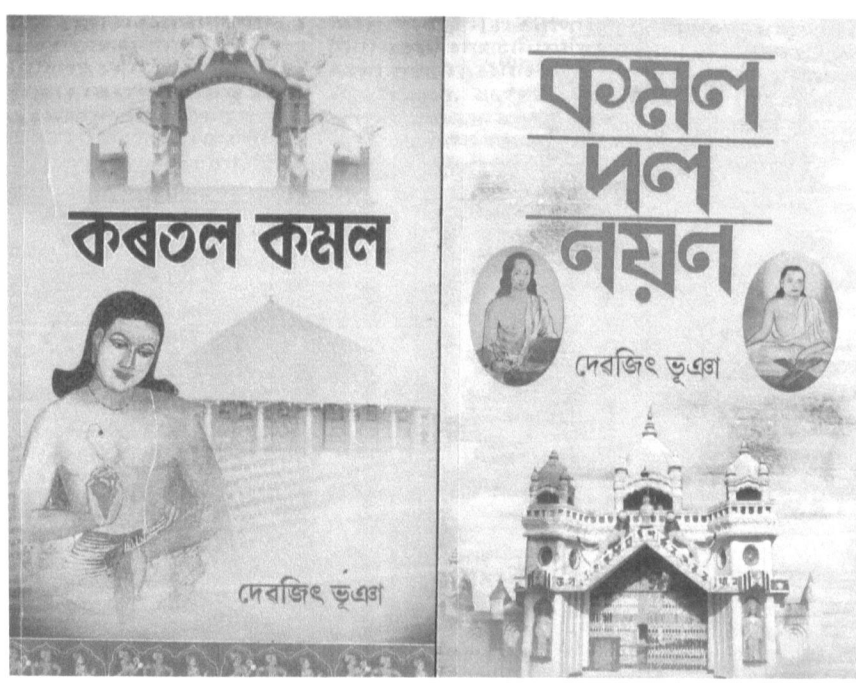

जङ्गल

जङ्गल र जङ्गललाई जनावरले नियन्त्रण गर्नुपर्छ
होमो सेपियन्स भनेर चिनिने तथाकथित बौद्धिक द्वारा होइन
यो संसार एउटै प्रजातिको मात्र होइन
प्रत्येक प्रजातिलाई यस ग्रहमा बाँच्न र बाँच्ने अधिकार छ
हामी बुद्धिमान हुन सक्छौं, तर हामीलाई ग्रह नष्ट गर्ने अधिकार छैन
पर्यावरणीय सन्तुलन मानव जीवनको लागि पनि हुनुपर्छ
जङ्गलमा जनावरहरूको लेखनले वातावरणलाई दिगो बनाउन सक्छ।

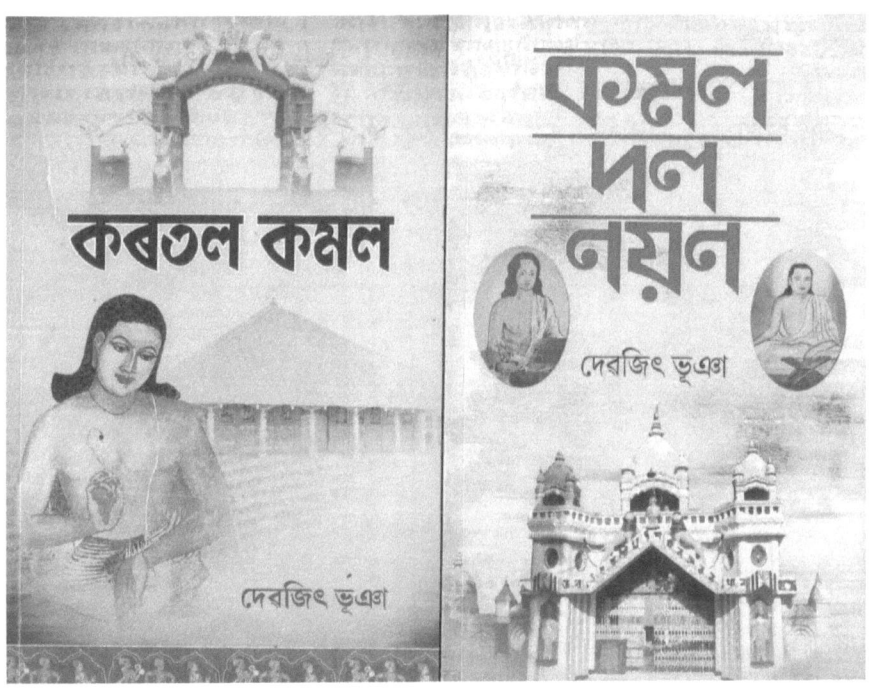

खद्दर (खादी कपडा)

हातले बनाएको खादी कपडालाई प्रोत्साहन दिनुहोस्
यो छाला र भारतीय अर्थव्यवस्था को लागी राम्रो छ
सहरहरूमा कुनै समय खादीलाई उपेक्षा गरिएको थियो
तर अहिले जनताले यसको महत्व बुझेका छन्
गान्धीले चरखा मार्फत खादीको प्रचार गरे (चर्च)
खादीले ग्रामीण भारतीय अर्थतन्त्रको विकास गर्न मद्दत गर्यो
हजारौं ग्रामीण जनतामा नगद प्रवाह थियो
खादीले गाउँका महिलाहरूलाई सशक्त बनायो
तर स्पिनिङ मिल र पोलिएस्टरले खादीलाई ठूलो धक्का दिन्छ
अहिले विस्तारै खादी लोकप्रिय बन्दै गएको छ
स्वाधीनताको इतिहासमा खादी सधैं स्मरणीय रहनेछ।

असमको अत्तर (अगरवुड तेल)

आसामको अत्तर अरब संसारमा धेरै लोकप्रिय छ
संसारमा कतै पनि यस प्रकारको अगरर उत्पादन हुँदैन
अजमलले अरब, युरोप र अमेरिकामा यसको ब्रान्डिङ गरेका थिए
यो अहिले बंगलादेश र अष्ट्रेलियामा पनि लोकप्रिय छ
असमको जङ्गलमा अग्रवुडका रूखहरू उम्रिन्छन्
एक विशेष कीरा प्रजनन संग, अगर तेल प्रवाह
अगर को सुगन्ध अद्वितीय छ, मुस्लिम बीच लोकप्रिय छ
यसको नजिकैका सबै कृत्रिम अत्तरहरू छोटो र पातलो हुन्छन्।

बाढी

हे तिम्रो ठुलो नदी, हे तिम्रो उथले नदी
बाढीको माध्यमबाट विनाश नगर्नुहोस्
बाली नष्ट नगर्नुहोस् र उर्वर भूमिलाई नोक्सान गर्नुहोस्
तिम्रो कर्मले गरिबलाई सबैभन्दा धेरै पीडा भयो
भारी वर्षाको समयमा तपाईं प्रवाह गर्न कुनै पनि मार्ग लिनुहुन्छ
बाढीका कारण धेरै सभ्यताहरु ध्वस्त भएका छन्
यद्यपि नदीहरू मानव सभ्यताको जीवन रेखा हुन्
अहिलेसम्म बाँधले पनि समाधान दिन सकेको छैन
बाँध भत्केका कारण थोरै विपत्ति पनि भएका छन्
हे तिम्रो शक्तिशाली प्रवाह बिस्तारै शान्त र शान्त हुँदै जान्छ।

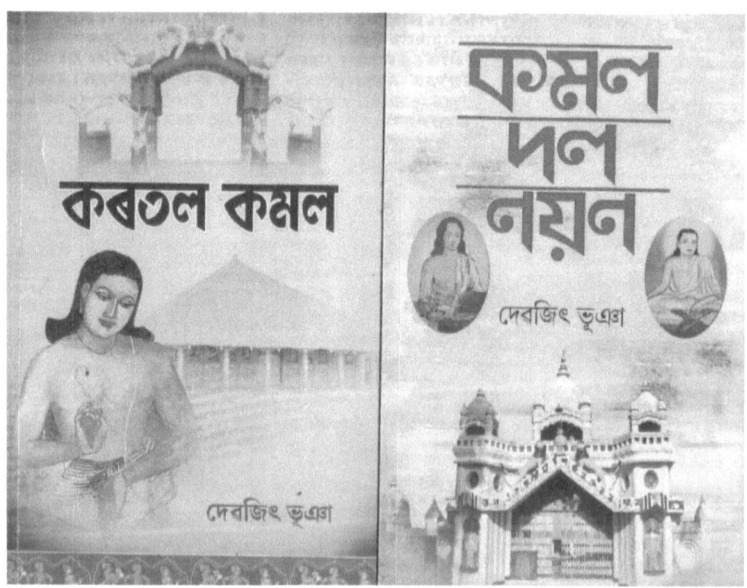

कर्मको फल (कर्म)

नराम्रो होस् या राम्रो कामको फल सबैले भोग्नुपर्छ
न्यूटनको तेस्रो नियम विश्वव्यापी र अपरिहार्य छ
राम्रो कर्म र असल कर्मले राम्रो प्रतिफल दिन्छ
खराब कर्म र गतिविधिले तपाईलाई कष्ट भोग्न बाध्य पार्नेछ
कर्मको फल वा फलबाट कोही पनि अछुतो छैन
राम्रो काम गर, राम्रो सोच्नु शंकरदेवको धर्म हो
मानिस, समाज र पशु राज्यको पनि कल्याण गर्नुहोस्
मृत्युको समयमा शान्ति, शान्ति, सम्मान पाउनुहुनेछ।

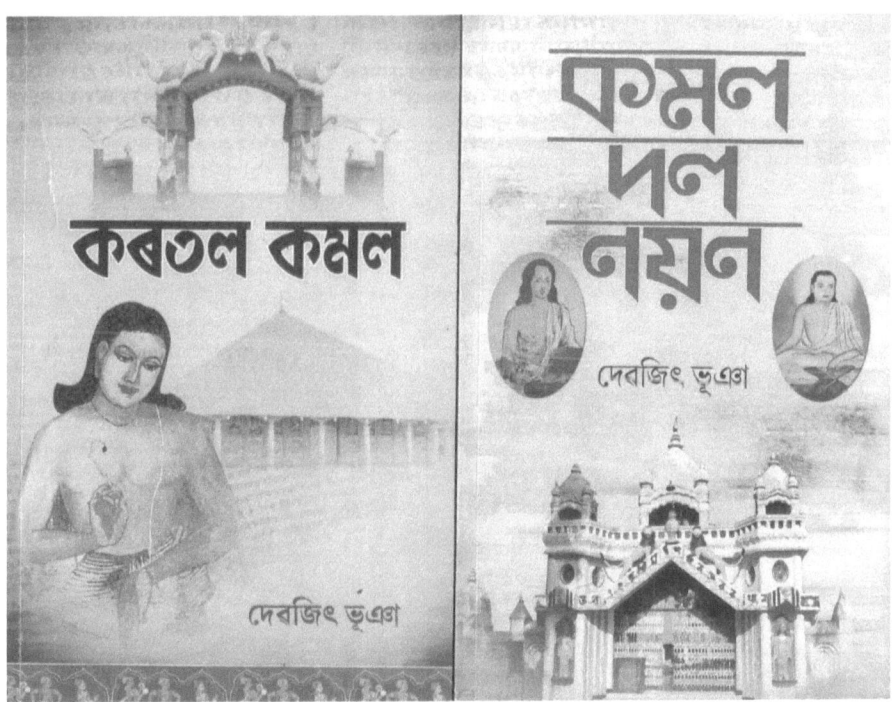

ईर्ष्या

अरूको सफलता हेर्न, ईर्ष्या नगर्नुहोस्

राम्रो हासिल गर्नुहोस्, अन्यथा जीवन निर्दयी हुनेछ

ईर्ष्यालु भएर, तिमी कहिल्यै प्रसिद्ध हुन सक्दैनौ

अरूको आलोचनाले सधैं तपाईंको जीवनलाई असुरक्षित बनाउँछ

ईर्ष्यामा जल्नुको सट्टा, ठूलो काम गर्नुहोस्;

ईर्ष्या र अहंकार तिम्रो दुष्ट साथी हो

तिनीहरूले तपाईंलाई कहिल्यै च्याम्पियन बन्न अनुमति दिने छैनन्

बरु तिनीहरूले तपाईंको असल साथीको विचार बिगार्नेछन्

जीवनमा सफलताको लागि, ईर्ष्या, अहंकारको निर्वासन राम्रो समाधान हो

खराब साथी छोड्नुहोस्, मस्तिष्कले रचनात्मक सिमुलेशन सुरु गर्नेछ।

सबै सामान्य रूपमा जानेछ

अर्को वर्ष म बाँचुँ या नहोस्
पृथ्वीले आफ्नो परिक्रमा र क्रान्ति गर्नेछ
मौसमहरू सामान्य रूपमा प्रदूषण संग परिवर्तन हुनेछ
स्थायी समाधान नहुन सक्छ
तैपनि चीजहरू सामान्य रूपमा जानेछन् केहि पनि चिन्ता नगरी;
मेरो टुटेको मुटु मेरो मृत्यु सम्म जोडिन सक्दैन
तैपनि टुटेको हृदयले मानिसहरूले आशा र विश्वास राख्छन्
जीवनको पीडा सहने क्षमतामा, कोहीले अलविदा भन्नेछन्
बारम्बार असफलता पछि पनि, कोही कोहीले फेरि प्रयास गर्नेछन्
तर तैपनि, ग्रह अगाडि बढ्नेछ;
हाम्रो ब्रह्माण्डको उत्पत्तिको बारेमा नयाँ सिद्धान्तहरू आउनेछन्
वैज्ञानिक र दार्शनिकहरूको विचार भिन्न हुनेछ
तैपनि ब्रह्माण्डको विस्तार रोकिने वा उल्टो हुने छैन
भौतिक विज्ञानको आधारभूत नियम, प्रकृति संरक्षण हुनेछ
संसारको लागि एक वर्षको कुनै महत्त्व छैन, तर हाम्रो स्मृति संरक्षण हुनेछ।
समय, भूत, वर्तमान र भविष्यको सम्पत्ति फिर्ता जान दिँदैन
जीवन आउँछ जान्छ र तह र थुप्रो जस्तै आउँछ
ठूला घटनाहरूको इतिहास पनि सीमित समयको लागि बाँच्नेछ
यो प्रकृति र सृष्टिको सुन्दरता, यति सन्तुलित र राम्रो छ
खुशी र मदिरा संग तेईस-तीईस लाई अलविदा भन्नुहोस्।

कछुवा

कुनै समय ढिलो र स्थिर भएर दौड जित्ने चलन थियो
किनभने छिटो-छिटो चलिरहेको खरायोले केही आराम गर्ने निर्णय गर्यो
तर अहिले वन फँडानीका कारण परिस्थिति बदलिएको छ
कछुवा र खरायो दुवैले अब प्रस्ताव गुमाउँदै छन्
कछुवाले आफ्नो कडा ढाल प्रयोग गरेर चतुर स्याललाई धोका दिन सक्छ
तर कछुवा बाँच्न सकेन र कृषि क्षेत्रमा षड्यन्त्र गरे
कछुवाले आफ्नो मुख खोल्यो जब उसले यसलाई बन्द राख्नुपर्छ
सिट बेल्ट वा प्यारासुट बिना आकाशमा उड्नु ठीक होइन
न क्रेन र कछुवाले कानमा कपास प्रयोग गर्थे
आवाज र जयजयकारको प्रतिक्रियाले सधैं रिस वा आँसु ल्याउँछ।

काग र स्याल

स्यालले कागलाई धोका दियो र मासुको टुक्राको मजा लियो

कागले स्यालको मुखबाट कुखुरा छुटाएर बदला लियो

कागले भाँडोमा ढुङ्गा हालेर पानी पिइरहेको देखे

स्यालले धेरै पटक उफ्रँदै अंगूर खाने कोसिस गर्‍यो, असफल भयो

ट्रोलिंग र अपमानजनक पोज दिएर असफलतामा काग हाँस्यो

यदि चीलले भेडा उठाउन सक्छ भने, कागले मलाई किन सक्दैन

ऊ ऊनमा अड्कियो र स्यालको लागि, खुशी ल्यायो

स्यालले बाँसको रूख माथिबाट बग्ने बाढीको लागि भगवानसँग प्रार्थना गर्यो

जहाँ काग स्वतन्त्र आकाशमा उडेर बस्छ

भगवानले स्याललाई बाढीको पानीमा तैरिन बाध्य पारेर वर्षा र वर्षा दिनुभयो

स्यालले गल्ती महसुस गर्यो र मौसम फेरि राम्रो होस् भनेर प्रार्थना गर्यो

यदि छिमेकीहरू बुद्धिमान र सफल छन् भने ईर्ष्या नगर्नुहोस्

यदि तपाइँ क्षमता बिना प्रतिस्पर्धा गर्न खोज्नुभयो भने, अवस्था कठिन हुनेछ।

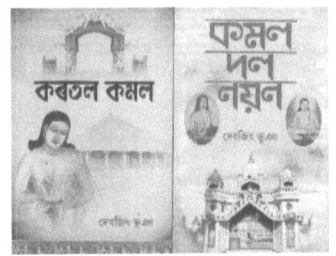

आफ्नो समाधान खोज्नुहोस्

दुई सय वर्ष बाँच्न चाहनुहुन्छ?
कछुवा वा निलो व्हेल हुनुहोस् र मजा लिनुहोस्
निलो आकाशमा माथि उड्न चाहनुहुन्छ?
एक चील बन्न, तपाईं प्रयास गर्न सक्नुहुन्छ
राम्रो स्वास्थ्यको लागि छिटो दौडन चाहनुहुन्छ?
चितुवा बन र तिमी सबै भन्दा अगाडि हुनेछौ
अग्लो हुन र टाढा हेर्न चाहानुहुन्छ?
जिराफ बन्नुहोस् र टक रूखका पातहरू खानुहोस्
कुनै पनि नियन्त्रणबाट मुक्त जीवन बिताउन चाहनुहुन्छ?
जेब्रा बन्नुहोस् जसलाई मानिसले घरपालन गर्न सक्दैन
झगडा गर्न र अरूलाई भुक्न चाहनुहुन्छ?
रोटवेइलर कुकुर बन्नुहोस् र अरूलाई टोक्नुहोस्
दिन र रात भर सुत्न चाहनुहुन्छ?
कोआला बन्नुहोस् र काम गर्न र लड्न आवश्यक पर्दैन
धेरै र धेरै खाना खान चाहनुहुन्छ?
तिम्रो लागि हात्ती बन्नु राम्रो हो
पासपोर्ट र भिसा बिना यात्रा गर्न चाहनुहुन्छ?
साइबेरियन क्रेन हुनु उत्तम विकल्प हो
तर तिमी बुद्धि भएको मानिस भएकोले
तपाइँ के चाहानुहुन्छ र प्राथमिकता, तपाइँ तपाइँको आफ्नै समाधान खोज्नुहोस्।

तिमीलाई कसैले तान्दैन

तिमी लड्दा कसैले सहयोग गर्दैन
सबैजना ताज जित्न दौडिरहेका छन्
पागल भीड मा, तपाईं कुचल हुन सक्छ
तपाईंको मृत शरीर पाइलाको ढुङ्गा बन्न सक्छ
सधैं सम्झनुहोस्, यो चलिरहेको संसारमा, तपाईं एक्लै हुनुहुन्छ
तिम्रो आँसु पुछन र मलम लगाउन कोही आउँदैन
एक्लै बस्दा उठेर शान्त रहनुपर्छ
अन्तमा, सबै एकै ठाउँमा पुग्छन्
पीडा, सुख, आँसु सबै कुर्दै जान्छ
त्यसोभए, किन प्रत्येक क्षण झर्ने डरले मुसाको दौडमा सामेल हुनुहोस्
जब तपाईलाई थाहा हुन्छ कि अन्तमा, असफलता वा सफलता गणना गर्दैन
हराउन वा प्राप्त गर्न केहि पनि नभएको रूपमा ढिलो र स्थिर सार्नुहोस्
यसरी, यात्राको समयमा, तपाईं तनाव र पीडाबाट बच्न सक्नुहुन्छ।

ईर्ष्या, ईर्ष्या, ईर्ष्या

उनले भगवानको आशिष्को लागि धेरै वर्ष प्रार्थना गरे

अन्ततः भगवान देखा पर्नुभयो र सोध्नुभयो, 'के चाहन्छौ मेरो बच्चा?'

'मैले जे मागेको छ, तुरुन्तै मिलोस् भन्ने चाहन्छु'

'तर तिमीलाई यस्तो आशीर्वाद किन चाहियो?' भगवानलाई सोधे

'खुसी र धनी बन्ने इच्छा पूरा गर्न चाहन्छु'

म तपाईंलाई यो आशीर्वाद सर्तमा मात्र दिन सक्छु, बिल्कुल होइन, भगवानले जवाफ दिनुभयो

'मलाई सबै सर्तहरू मान्य', केवल मेरो इच्छा पूरा गर्नुहोस्

'तिमीले चाहेको पाउनेछौ, तर छिमेकीले दोब्बर पाउनेछन्'

तर यदि तपाईंले अरूलाई हानि पुर्याउने प्रयास गर्नुभयो भने सबै कुरा हराउनेछ, भगवानले चेतावनी दिनुभयो

मलाई स्वीकार्य, मानिसले भन्यो, भगवानले 'आमेन (काल्हु)' भने र गायब भयो

'मलाई एउटा दुईतले सुन्दर भवन दिनुहोस्' मान्छेले कामना गरे

तुरुन्तै यो उनको छिमेकीलाई चार तले भवनसँगै भयो

ओ' मेरो घरमा दसवटा राम्रा कारहरू हुनुपर्छ

यो उनको छिमेकीलाई बीस सुन्दर कार संग तुरुन्तै भयो

मेरो पछाडिको आँगनमा स्विमिङ पूल हुनुपर्छ

तुरुन्तै यो छिमेकीलाई दुई स्विमिंग पूल संग भयो

एक हप्ताभित्रै त्यो मानिस आफ्नो छिमेकीप्रति निराश र ईर्ष्यालु भयो
छिमेकीको धनसम्पत्ति देखेर चाँडै रिस उठ्यो
छिमेकीलाई कसरी हराउने भन्ने सोच्दै मान्छे पागल र पागल भयो
जब उसले छिमेकीको घर हेर्‍यो, ऊ गहिरो दुःखी भयो
छिमेकी आफ्ना दुईवटा स्विमिङ पुल नजिकै खुसीसाथ हिँडिरहेका थिए
खुसी छिमेकी देखेर उनको मनमा अचानक समाधान आयो
"मेरो एउटा आँखा बिग्रियोस्" त्यो मानिसले छिमेकीलाई हेर्दै इच्छा गर्‍यो
तुरुन्तै छिमेकी अन्धो भयो र त्यहाँ आफ्नो स्विमिंग पूलमा खसे
पौडी खेल्न नजान्दा छिमेकीको मृत्यु भएको हो
मानिसले भन्यो, हे भगवान आफ्नो आशीर्वाद फिर्ता लिनुहोस्।

मृत्यु र अमरता

यदि तिमी मर्न चाहन्छौ भने तिमी मर्ने छैनौ किनकी तिमी अमर छौ

यदि तपाईं सधैंभरि बाँच्न चाहनुहुन्छ भने, तपाईं मर्नुहुन्छ, किनभने तपाईं मरणशील हुनुहुन्छ

जीवनको आधारभूत वृत्ति भनेको सधैंभरि बाँच्नु र बाँच्नु हो

तर प्रकृतिको नियम विपरित छ, योग्यको पनि मृत्यु हुनुपर्छ

दुई विपरीत शक्तिहरू, जीवन र मृत्यु, निरन्तर काममा

यसैले प्रजातिहरूको विकास जारी छ र कहिल्यै रोकिन्छ

कोही केही घण्टा बाँच्नेछन्; कोही पाँच सय वर्ष बाँच्नेछन्

तर कसैको लागि, प्रकृतिले विशेष उपचार वा आँसु बगाएको थिएन

जबसम्म तपाईं जीवित हुनुहुन्छ, र कठोर मोर्टिस सुरु भएको छैन

तिमी नश्वर होइनौ, र अमरता गएको छैन।

मलाई उद्देश्य थाहा छैन

सन्तान उत्पादन गर्नु जीवनको उद्देश्य हो
वा जीवनको उद्देश्य आनुवंशिक कोडको रक्षा गर्नु हो?
राम्रो खाना खाने र राम्रो सुत्नु जीवनको उद्देश्य हो
वा अर्को पुस्तालाई सुनाउनको लागि कथा सिर्जना गर्ने उद्देश्य हो?
धन र सम्पत्ति जम्मा गर्नु जीवनको उद्देश्य हो
अनि सबै कुरा छोडेर स्वर्ग जाने वा नर्क जाने ?
जीवनको उद्देश्य शान्ति र सुखको खोजी हो
त्यसोभए जीवनमा किन यति धेरै गतिविधि र व्यापार?
पीडा कम गर्नु र अधिकतम आराम गर्नु जीवनको उद्देश्य हो
तब कोमामा बस्नु नै उत्तम उपाय हुन्थ्यो;
बाँच्नु र अरूलाई बाँच्न दिनु जीवनको उद्देश्य हो
त्यसोभए हामी कसरी कुखुरा, भेडा र पशु दाजुभाइहरू खान सक्छौं?
यदि सृष्टिकर्तालाई प्रार्थना गर्नु र स्याउ-पालिस गर्ने परमेश्वरको उद्देश्य हो
किन हाम्रा पुर्खाको पैसा, चिम्पान्जीले यो पाठ्यक्रम कहिल्यै लिएनन्?
जीवन कुनै उद्देश्य बिना वा गन्तव्य बिना
आज खुशी र शान्तिपूर्वक बाँच्नु मात्र समाधान हो;
जब हामी उद्देश्य खोज्ने प्रयास गर्छौं, हामी कम्पास बिना गहिरो जंगलमा छौं
गतिरोधको बारेमा सोचे बिना आफ्नो जीवन आफ्नै तरिकाले जीवन बिताउनु राम्रो हो।

हाम्रो मिहिनेतले कमाएको पैसा कहाँ हरायो ?

सम्पूर्ण जीवन हामीले गुरुत्वाकर्षण र घर्षणलाई जित्न ऊर्जा प्राप्त गर्छौं

तर शून्य गुरुत्वाकर्षण र शून्य घर्षणले जीवनलाई हाइबरनेशनमा धकेल्छ

विद्युत चुम्बकत्व र गुरुत्वाकर्षण संग परमाणु बल जीवन को स्रोत हो

हाम्रो भौतिक जीवनको मार्गमा नेभिगेट गर्न घर्षण महत्त्वपूर्ण छ

हाम्रो धेरै मेहनतले कमाएको पैसा गुरुत्वाकर्षण द्वारा खपत हुन्छ

सुन्दर लुगाहरू र गहनाहरू मात्र पूरक हुन्

सबै अतिरिक्त सामानहरू अगाडि बढाउन हामीले फेरि ऊर्जा खर्च गर्नुपर्छ

गुरुत्वाकर्षण, विद्युत चुम्बकत्व र परमाणु शक्ति संग खेल जीवन हो

घर्षणको भूमिका भनेको पत्नीले गरे जस्तै सबै कामहरू गर्नु हो

खानालाई ऊर्जामा रूपान्तरण गर्नुहोस् र शक्तिहरूमाथि विजय प्राप्त गर्न ऊर्जा प्रयोग गर्नुहोस्

बाँच्नको लागि यो प्राथमिक काम गर्न, होमो सेपियन्सको कुनै वैकल्पिक स्रोत छैन

गुरुत्वाकर्षण र घर्षणको मामिलामा रूखहरू राम्रो स्थितिमा छन्

खानाको लागि पनि, प्रकाश संश्लेषण तिनीहरूको अद्वितीय गोपनीयता र सजिलो समाधान हो।

मुंगुस

उसलाई घृणा, ईर्ष्या वा मानव जीवनको जटिलताहरू थाहा थिएन

उसले केवल आफ्नो मालिक र तिनीहरूको बच्चालाई हृदयको कोरबाट माया गर्‍यो

उनको प्रेम र वफादारीमा कुनै भित्री उद्देश्य वा निहित स्वार्थ छैन

उहाँ पशु वृत्ति भएको र क्रूर मानव दिमाग भन्दा माथिको जनावर हुनुहुन्थ्यो

त्यसैले, उसले मालिकको बच्चाको जीवन बचाउन मृत्युसँग लड्यो र घुँडा टेक्यो

र आफ्नो इमानदारी र आफ्नो मालिकको प्रेमको कारण उनी सफल भए

उसको अस्पष्ट समर्पण र आफ्नो जवान साथीको रक्षा गर्ने इच्छा

तर जटिल र वायर्ड मानव दिमाग सधैं पहिले नकारात्मक सोच्छ

मुंगोको शरीरमा रगत देखेर महिलाले तुरुन्तै उनको हत्या गरिन्

किनभने पहिलो पटक सकारात्मक र राम्रो, धेरै कम मानिसले सोच्न सक्छन्।

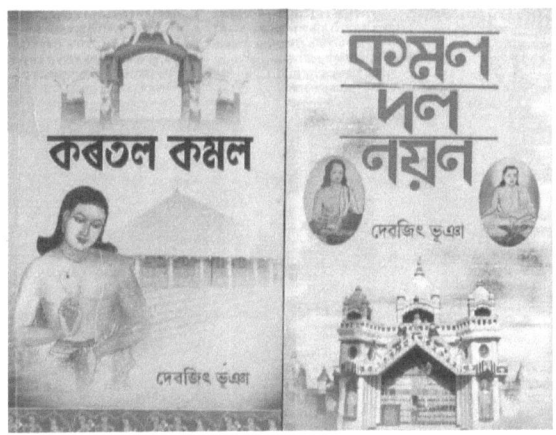

भगवानको आशीर्वाद

परमेश्वरको आशिषहरू आन्तरिक मूल्याङ्कन र सत्र चिन्हहरू जस्तै छन्

यदि तपाईं पूजा गर्नुहुन्छ, पूजा गर्नुहुन्छ र उहाँलाई पैसा वा सुन चढाउनुहुन्छ, तपाईंले आशीर्वाद पाउनुहुन्छ

यदि तपाईंले यी सबै कुराहरू गर्नुभएन भने, तपाईं जीवित रहनुहुनेछ, तर सफलता बाँकी छ

यद्यपि, प्रार्थना नगरी पनि सिद्धान्तमा कडा परिश्रम गरेर परीक्षा पास गर्न सक्नुहुन्छ

एप्पल पालिस बिना पनि धेरैले राम्रो कथा लेखेका थिए

हरेक दिन प्रार्थना गर्ने मानिसहरू पनि रोग र दुर्घटनाको कारण मर्छन्

गैर-भक्तहरूका लागि पनि जीवन र मृत्युको समान तत्व हुन्छ

धर्मका दलालहरूले प्रार्थनालाई किन बढी महत्त्व दिन्छन्, बुझिएन

भोको भिखारीको रूपमा भगवानलाई कसैले देखेन

भौतिक रूपमा भगवानको अवतारको वैज्ञानिक प्रमाण दुर्लभ छ

ईश्वरको आशीर्वाद प्राप्त गर्नको लागि, इमानदारी, सत्यता, सत्यनिष्ठता उत्तम सामग्री हो।

राम्रो, एक मृत काठ हुनु

म मरेको काठ हुँ, सूर्य र चन्द्रमा मुनि सुतिरहेको छु
छिट्टै क्षय हुँदै मातृ पृथ्वीले चाँडै अवशोषित गर्न
तैपनि काई, फंगसको लागि मेरो मृत शरीर वरदान हो
उनीहरुलाई मरेपछि पनि खाना र पोषण प्रदान गर्ने
उनीहरूका लागि म भविष्यको बाटोको ज्योति वाहक हुँ
जबसम्म म माटोमा पूर्ण रूपमा डुबेर यसको अंश बन्न सक्छु
अधिक र अधिक झार र कीराहरूको नयाँ जीवन सुरु हुनेछ
एक दिन यहाँ कुनै चराले मेरो आफ्नै प्रजातिको बीउ खसाल्नेछ
म फेरि ठूलो रूखझैँ हुर्कनेछु, र हाँगाहरू चराहरू बाँड्नेछन्
प्रक्रियामा म अमर नश्वर हुँ, र रूखहरूको सबैले ख्याल गर्नुपर्छ।

म जोम्बी संग बाँचिरहेको छु

म जोम्बीको बथानमा बाँचिरहेको छु
पैसाको लोभ र लोभले लत
तिनीहरूको मूल्य प्रणाली खियाले सडेको छ
जमेको धुलो सफा गर्न मन लाग्दैन
पैसामा मात्र विश्वास र भरोसा छ
लक्ष्य भनेको धन र अमरता जम्मा गर्नु हो
सधैंभरि बाँच्न खोज्दै, नैतिकता गुमाए
तिनीहरूको एकमात्र उद्देश्यको लागि, निष्ठा त्याग्नेछ
बथानको मनोवृत्ति कसैले परिवर्तन गर्न सक्दैन
बुद्ध, येशू र अरू थकित भए
हजारौं महान पुरुषहरू मरे र सेवानिवृत्त भए
यद्यपि, लोभ र अभिलाषाको लागि, जोम्बीहरू थाकेका छैनन्।

अनि जिन्दगी यसरी नै चल्छ

सोमबार, मंगलबार, शनिबार र साता बितेको छ
एक राम्रो बिहान, मासिक भुक्तानी समय हो
जनवरी फेब्रुअरी र मार्च हुन्छ, अचानक डिसेम्बर मोडिन्छ
बस र रेलको पर्खाइमा समय बित्छ
एयरपोर्ट लाउन्जमा पर्खनु भनेको भ्यानमा समयको बर्बादी हो
गन्तव्यमा पुग्न घण्टौं लामो ड्राइभ बेकार छ
हामी जीवनको एक तिहाइ ओछ्यानमा बिताउँछौं सधैं अनजान हुन्छ
विद्यार्थी जीवनमा अनावश्यक कुरा सिक्ने ६ घण्टाको कुनै मूल्य हुँदैन
डाक्टरको चेम्बर बाहिर कुर्दै हामीले महसुस गर्यौं, समय ढिलो छ
कति महिना हामी क्युमा बितायौं, कसैले गणना गर्दैन
बाल्यकालदेखि नै तीन घण्टा परीक्षा हलमा बस्नु ठूलो रकम हो
जीवनलाई अझ राम्रो बनाउनको लागि हामीले आफ्नो लागि कति समय खर्च गर्छौं, हामी गणना गर्दैनौं
एउटै चक्रमा, हामी गोलो र राउन्ड र राउन्ड घुम्छौं
कुनै पनि मानिस कुनै ग्रह होइन, निश्चित समयमा सूर्यको वरिपरि घुम्न बाध्य हुन्छ
यदि तपाईं आरामदायी दिनचर्याबाट बाहिर आउन सक्नुहुन्न भने, तपाईंको लागि कुनै घाम छैन
भ्रामक सफलताको लागि दर दौडमा दौड्दै र ताली बजाउँदै
आफ्नै अनौठो तरिकाले आफ्नो जीवन जिउनको लागि, तपाईं पछि पर्दै हुनुहुन्छ
जब समय समाप्त हुन्छ, र तपाईं चिहानमा जान बाध्य हुनुहुन्छ
तपाईंले बुझ्नुभयो, मैले कहिल्यै फरक सोचिनँ किनभने म डरपोक थिएँ, साहसी होइन।

टुटेको मुटु

जब एक्कासी मुटु फुट्छ
कतिपय मानिस मदिरामा परे
तर यो उपाय प्रमाणित छैन
तपाईको जीवन सजिलै चोरी हुन सक्छ
कुनै पनि क्षण जे पनि हुन सक्छ;
विगतलाई बिर्सेर अगाडि बढ्नुहोस् भन्न सजिलो छ
तर सबै समलिङ्गी बन्न सक्दैनन्
टुटेको मुटुको लागि, हामीले तिर्नु पर्ने मूल्य
जब हामी एकान्तमा सोच्दछौं, हामी बाटो पत्ता लगाउन सक्छौं
हरेक बिहान सूर्यले हामीलाई नयाँ आशा र किरण पठाउँछ;
जब मन टुटेको छ, तब कोही मानिसले आत्महत्या गर्छन्
तर शोक अवधिमा, चाँडै कहिल्यै निर्णय नगर्नुहोस्
बाहिरका मानिसहरूको पीडा र पीडा हेर्नुहोस्
यदि तपाईं निराश हुनुहुन्छ भने, बिस्तारै दुखाइ कम हुनेछ
सबै समस्याको समाधान भित्रैबाट पाउनुहुनेछ।

रोक्न नसकिने प्रविधि

सभ्यताको चरित्र परिवर्तन भएको छ

जनता अहिले धेरै सचेत र सचेत भएका छन्

तरवारको बलले धर्म फैलाउन गाह्रो

न त बन्दुकको नालबाट साम्यवादलाई जबरजस्ती गर्न सकिन्छ

तैपनि सेनाद्वारा लोकतन्त्रको अपहरण दुर्लभ होइन

कतिपयले सहअस्तित्वको सिद्धान्तलाई स्वीकार गरेका छैनन्

तिनीहरूको विश्वासको रक्षा गर्न, संसारभरि, हामी प्रतिरोध देख्छौं

तर सभ्यताको विकास निरन्तर रूपमा भइरहन्छ

टेक्नोलोजी, वाहक लहर, सीमाहरूको बारेमा कहिल्यै चिन्ता गर्दैन

र अब मानवजातिलाई जङ्गलको आगो जस्तै घेर्दै, रोक्न नसकिने

छिट्टै विभाजनको सामाजिक व्यवस्थाका सबै खराबीहरू भग्नावशेषमा हुनेछन्।

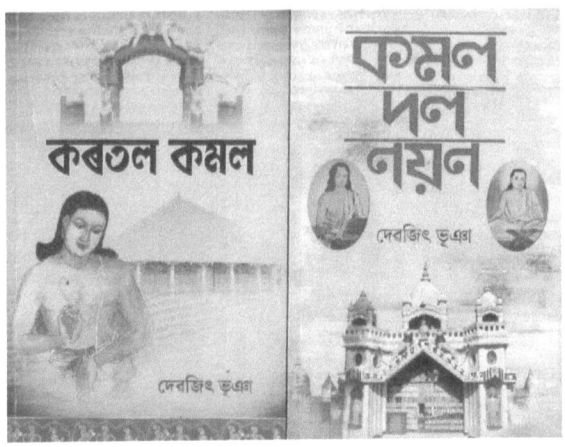

लैङ्गिक असमानता

उनले बुर्कामुनि आँसु पुछिन् र आकाशतिर हेरिन्
चार साना केटाकेटीले उनको लुगा तानेका छन्
छ वर्षअघि मात्रै उनले आमालाई छोडेर गएकी थिइन्
उनी रोइन् र रोइन्, तर उनको कुरा कसैले सुनेन
दश सन्तानमध्ये जेठो भएकोले निकाह स्वीकार गर्नुपर्छ
उनको जिम्मेवारी पनि उनका छ जना बहिनीहरूको काँधमा छ
घरमा जेठी उपस्थित भएर कसरी बिहे गर्ने
उनी केवल तेह्र वर्षकी थिइन्, जब पहिलो पटक प्रवेश गरिएको थियो
अझै पनि याद छ कि उनी आफ्नो पतिलाई हेरेर कत्ति डराएकी थिइन्
पुरुषका अन्य तीन पत्नीहरूले पनि उसलाई पीडाले हेरे
तर उनलाई नयाँ सुत्ने कोठामा पठाउनु बाहेक उनीहरुसँग अर्को विकल्प थिएन
अहिले चारैजना नारी घृणा र ईर्ष्याका साथ बाँचिरहेका छन्
किनभने उनीहरूले आफ्ना छोराछोरीलाई खुवाउन र पढाउने छन्
उनिहरुको साथमा यस्तै नहोस्, एक दिन घाम उदाउला भन्ने आशा छ
र संसार भगवानको नाममा लैङ्गिक असमानताबाट मुक्त हुनेछ।

एक दिन, त्यहाँ कुनै गिलास छत हुनेछैन

कुनै बेला श्मशानमै मर्न बाध्य भइन्

तिनीहरूले चर्को सङ्गीत र ड्रम बजाए, उनको पीडादायी आवाज सुनेनन्

उनीसँग पुरुषको सेवा गर्न दास र बन्धक श्रमिकको रूपमा व्यवहार गरियो

राजा अन्धो भएकाले रानी पनि जीवनभर आँखामा पट्टी बाँधेर बसिन्

कुनै कारण र तर्कबिना नै पुरुष अहंकारलाई सन्तुष्ट पार्न उनलाई देश निकाला गरियो

उनले आफ्नो श्रीमानको नाम पनि मानिसहरूमाझ उच्चारण गर्न सक्दिनन्

उनी आफ्नो घरमा खोरमा थुनिएको चरा जस्तै बस्थे र डीएनए जोगाउन अण्डा हाल्ने गर्दथिन्

धर्मका दलालहरूले उनलाई मन्दिर प्रवेश गर्न पनि रोक लगाए

तर सभ्यताको ज्योति बोक्ने उनको हिम्मत कहिल्यै कमजोर हुँदैन

त्यसैले आज पनि हामी देशलाई मातृभूमि र भाषालाई मातृभाषा भन्छौं

उनी अहिले खुल्ला आकाशमा पिँजडाबाट बाहिर छिन्, तर पनि धेरै उचाइ, उड्नै पर्छ

एक दिन लिङ्गको भेदभाव रहनेछैन र काँचको छत हराउनेछ

मातृत्वको गरिमा र नारीत्वको सौन्दर्यलाई कसैले कलंकित गर्न सक्नेछैन।

परमेश्वरलाई उहाँको प्रार्थना घरहरूमा चासो छैन

संसार मस्जिद, चर्च र मन्दिरले भरिएको छ

तर संसारमा शान्ति र भाइचारा बारम्बार अपांग छ

हिंसा र युद्धमुक्त मानवताको समाधान सरल छैन

भगवानको नाममा सबै धर्मले फोहोर खेल्छन्

रमजानको पवित्र महिनामा पनि मानिसहरूले समस्या सिर्जना गर्छन्;

भगवानले संसारमा कतै पनि आफ्नो प्रार्थना घरको रक्षा गर्न प्रयास गरेनन्

भत्किएका मस्जिद, गिर्जाघर, मन्दिरहरूमा उहाँ चिसो हुनुहुन्छ

भगवानको नाममा हत्या रोक्न उनले कहिल्यै साहसी प्रयास गरेनन्

विकास र प्राकृतिक प्रक्रिया मार्फत, सबै कुरा प्रकट हुन्छ

एक दिन निष्क्रिय र निष्क्रिय ईश्वरको विचार नबिक्रि रहनेछ;

परमेश्वरको नाममा मानिसहरूको विभाजनले मानवजातिलाई दुःख दियो

तथाकथित पवित्र सहरहरूले नाफाको खजाना खोलेका छन्

हतियार किन्नका लागि धर्मगुरुहरूले व्याज लिइरहेका छन्

अहिले आतंकवाद र हिंसाका लागि धार्मिक स्थलहरु नर्सरी बनेका छन्

लामासेरी भएका बौद्ध भिक्षुहरू मात्र अपवाद हुन्।

लेखक को बारेमा

देवजित भुइँ

पेशाले विद्युतीय इन्जिनियर र हृदयदेखि कवि देवजित भुयान अंग्रेजी र आफ्नो मातृभाषा असमियामा कविता रचना गर्नमा दक्ष छन्। उहाँ इन्स्टिच्युट अफ इन्जिनियर्स (भारत), एडमिनिस्ट्रेटिभ स्टाफ कलेज अफ इन्डिया (ASCI) का फेलो र असम साहित्य सभा, चिया, गैंडा र बिहुको भूमि आसामको सर्वोच्च साहित्यिक संस्थाका आजीवन सदस्य हुनुहुन्छ। विगत २५ वर्षको अवधिमा उनले ४५ भन्दा बढी भाषामा विभिन्न प्रकाशकहरूबाट प्रकाशित ७० भन्दा बढी पुस्तकहरू लेखेका छन्। सबै भाषाहरूमा उनका कुल प्रकाशित पुस्तकहरूको संख्या 157 छ र हरेक वर्ष बढ्दै छ। उनका प्रकाशित पुस्तकहरूमध्ये करिब ४० वटा असमिया कविताका पुस्तकहरू छन्, ३० वटा अंग्रेजी कविताका पुस्तकहरू छन् र ४ वटा बालबालिकाका लागि छन् र करिब १० वटा विभिन्न विषयमा छन्। देवजित भुइँको कविताले हाम्रो ग्रह पृथ्वीमा उपलब्ध र सूर्यमुनि देखिने सबै कुरालाई समेट्छ। उनले मानवदेखि जनावरदेखि तारादेखि आकाशगंगादेखि महासागरसम्म, वनदेखि मानवतादेखि युद्धदेखि प्रविधिसम्मका मेसिनसम्मका सबै उपलब्ध सामग्री र अमूर्त वस्तुसम्म कविता रचना गरेका छन्। उहाँको बारेमा थप जान्नको लागि कृपया www.devajitbhuyan.com मा जानुहोस् वा उहाँको YouTube च्यानल @careergurudevajitbhuyan1986 हेर्नुहोस्।

www.ingramcontent.com/pod-product-compliance
Lightning Source LLC
LaVergne TN
LVHW091534070526
838199LV00001B/65
* 9 7 8 9 3 6 2 6 9 4 0 3 4 *